U0078447

心智圖

文言文滿分學習法

必學古文 × 手繪心智圖
深究古典精髓就是如此簡單

著

文題解讀 × 圖片解析 × 文脈梳理 × 知識清單
一圖一文，百圖百味，35 篇古文輕鬆背，開啟古典文學新視界

在學習過程中享受文字之美，有效提升學習效率和理解能力
兼具理論性和實用性的工具書，文言文學習路上的必備良伴

目錄

目錄

Learn Ancient Poems with Liu Yan Using Mind Maps

I have always been interested in culture. Many countries have very distinctive cultures, which date back many hundreds of years. I have learned that by understanding a country's culture, you can better understand the people who practice this culture.

I have learned that China has one of the oldest cultures in the world, consisting of language, food, style, morals, music, art, and marriage customs.

When I visited Guangzhou in 2019, I was invited to speak at a school in the city. I was impressed by the dedication of the teachers in keeping the traditional culture alive. They taught stories, art, and poetry. It was a very important part of their curriculum.

I was so impressed by this that I wanted to learn more about Chinese culture. I was especially interested in food, as the food styles changed depending on the region that I visited.

China is so rich in the most wonderful and long-lasting culture, so the teaching and remembering of cultural stories is very important. I understand the importance of remembering the past and also current cultures. I believe it makes a person a better citizen.

Poetry is a beautiful way of telling stories, relaying cultural stories and events. I understand that ancient poetry is being taught in Chinese schools, which is testimony to the importance of this written record.

When I was young, I love listening to poetry, but I could never recite poetry

Learn Ancient Poems with Liu Yan Using Mind Maps

like some of my classmates. I admired their skills. Some of my friends can still recite poetry that has significant meaning to a subject we are discussing.

When Liu Yan wrote to me to say that she has written a book on a method to learn Ancient Poetry by using Mind Maps, I was very excited. Mind Maps are a perfect tool to learn and remember poetry. Tony Buzan, who was a prolific poet, publishing many thousands of poems, believed Mind Maps and poetry with inextricably connected.

Liu has shared some pages of the book with me. I was very pleased to see that the illustrations of the Mind Maps are of a very high standard. Each one is a piece of artwork in itself, using beautiful colors and inspirational drawings.

Liu Yan is the world champion of the 8th World Mind Map Championships in 2016, and as the head coach of the Chinese team in 2017, she also trained new world's mind map champion and third winner.

Liu Yan has accompanied Mr. Buzan many times to teach disciples in China, and she is a Mind Maps tutor whom Mr. Buzan appreciates and recommends very much.

Liu Yan strictly follows the laws of Mind Mapping, ensuring that the maximum capacity for remembering is maintained. The use of colorful pictures makes remembering the poetry very easy and is also great fun. Tony Buzan would have been very proud to see his memory tool, the Mind Map, being used is such an effective way.

This book is an important documentation of traditional Chinese poetry, something that every person should read and enjoy.

Prince Marek Kasperski

Global Chief Arbiter in Mind Mapping and Speed Reading

跟劉豔一起用心智圖學習古詩文

　　我一直對文化感興趣，許多國家都有非常獨特的文化，這可以追溯到很久以前。我意識到，透過了解一個國家的文化，你會更容易理解這個國家的人民。

　　中國的文化源遠流長，內涵豐富，包括語言、飲食、風尚、道德、音樂、藝術以及婚姻習俗等。

　　2019 年我去中國遊覽的時候，被邀請到當地的一所學校演講。該校老師致力於使傳統文化煥發生機活力，這給我留下了深刻的印象。他們教學生故事、藝術以及詩詞，詩詞在他們課程中占了非常重要的一部分。

　　這件事給我的印象如此深刻，以至於我想更多地了解中國傳統文化。其中，我最感興趣的是美食，因為每到一個地方，我都會發現極具特色的美食。

　　傳承璀璨的中華文化是非常重要的，誦習經典是非常好的手段，我相信透過誦習會培育一個人成為良好公民。

　　在眾多經典中，詩詞是講述故事、傳承文化和歷史的一種美麗的方式。許多學校都正在教授古代詩詞，這證明了這一文體的重要性。

　　在我童年的時候，我喜歡聽詩歌，但我從來都無法像某些同學一樣背誦詩歌，所以我很羨慕他們有這一技能。我的一些朋友現在仍然可以背誦目前對我們討論的主題有重大意義的詩歌。

　　當劉豔寫信給我說她寫了一本關於使用心智圖學習古代詩詞的書籍時，我興奮不已。心智圖是學習和記憶古詩詞的理想工具。東尼‧博贊先生（Tony Buzan）本人也是一位多產的詩人，曾出版了數千首詩，在他看來，心智圖和詩詞有著密不可分的連繫。

劉豔和我分享了這本書的部分內容，我非常開心地看到其中的心智圖具有很高的水準，大量使用富有啟發性的結構，每一幅作品都是一件藝術品。

劉豔是 2016 年第八屆世界心智圖錦標賽的全球總冠軍，她也培養出了 2017 年的世界心智圖冠軍和季軍。劉豔曾多次陪伴博贊先生在中國講授課程，她是博贊先生非常欣賞和推薦的心智圖導師。劉豔嚴格遵循心智圖法則，以確保她的作品能夠保持最大的助記能力。色彩絢爛的心智圖，讓詩詞誦習更容易、更有趣味性。東尼·博贊先生如果能夠看到他的記憶工具——心智圖如此有效地運用，一定會感到非常自豪。

總而言之，這本書是西方思維工具和東方最美古詩詞的完美結合，值得每一個人閱讀和欣賞。

馬列克·卡斯帕斯基王子
世界心智圖理事會全球總裁判長

第一章

使用心智圖學習文言文的方法

第一節
文言文學習全攻略

　　中學語文教科書中的文言文，都是歷久傳誦的經典名篇佳作。本書精選了中學考試大綱裡必背的 35 篇文言文來精準解讀，它們既是經世致用的文章，又是中國文學中的優秀散文作品。文言文學習應由文言基礎知識這個語言的層面，上升到語言所承載的內容上，從而感受領悟古文中的思想和藝術魅力，這就是文學鑑賞。

　　學習文言文，實質是認識和體會它們的言志與載道，研習謀篇布局的章法、體會煉字煉句的藝術，是兩個重點。最終目的是提高自身的欣賞品味和審美情趣。

　　學習文言文，最終的目的是文化的傳承與反思，具體來說就是文言文所傳達的，中國古代仁人賢士的情意與思想，即繼承並弘揚中華民族的優秀文化傳統。

　　在中學階段，我們應該如何學習文言文呢？有什麼相關的要求嗎？我們一起來了解一下吧。

　　閱讀淺顯文言文，能借助註釋和工具書理解基本內容。注重累積、感悟和運用，提高自己的欣賞品味。

　　具體學習目標是要深入文章內容，認清上下文的連繫，熟悉課文內容結構和歷史文化知識累積。

　　課內文言文是通往課外文言文閱讀的橋梁。對於課內文言文，你要熟練

把握課文內容，包括**核心內容**和**上下文的具體內容**。

核心內容就是這篇文章的觀點、結論、主旨、情感等。上下文的具體內容則關注文章內容之間的連繫，你要能夠梳理全文的結構，以便於對文章內部的連繫了解得更加清晰。除了內容理解之外，你要記得課文中提到的累積、感悟、運用和欣賞。

文言文的累積不僅包括文言文的基礎知識，也包括歷史、文化知識、閱讀思路、寫作手法、思考方式等。這一切都融會貫通，你就可以站在歷史的角度，站在我們現實時代的角度產生感悟。你需要靈活運用自己的累積、收穫的技能、獲得的感悟，來拓展閱讀，展開一個更加開闊的閱讀空間，從而提升自己的文言文欣賞能力，提升自己的語文學科素養。

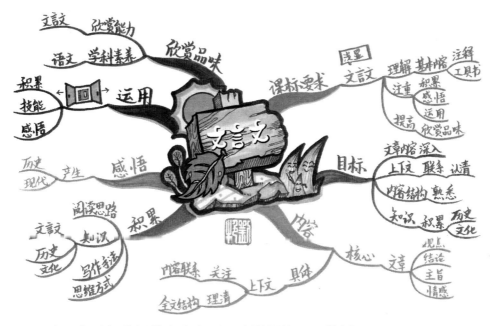

國中三年我們學過的文言文可以大體歸為以下幾類：

1. 諸子散文類 —— 理解觀點、聯結例項（9篇）

《論語》十二章

《孟子》三章（〈富貴不能淫〉、〈生於憂患，死於安樂〉、〈魚我所欲也〉）

〈愚公移山〉

〈大道之行也〉

〈北冥有魚〉

〈莊子與惠子遊於濠梁之上〉

〈雖有嘉餚〉

2. 史傳類 —— 了解形象、感悟智慧（5篇）

〈孫權勸學〉

〈曹劌論戰〉

〈唐雎不辱使命〉

〈鄒忌諷齊王納諫〉

〈周亞夫軍細柳〉

3. 志人志怪及小說 —— 分析形象、認識社會（6篇）

〈詠雪〉

〈陳太丘與友期行〉

〈狼〉

〈河中石獸〉

〈核舟記〉

〈賣油翁〉

4. 寫景抒情或託物言志 —— 體驗描寫、理解情感（11 篇）

〈答謝中書書〉

〈記承天寺夜遊〉

〈桃花源記〉

〈小石潭記〉

〈岳陽樓記〉

〈醉翁亭記〉

〈三峽〉

〈陋室銘〉

〈愛蓮說〉

〈湖心亭看雪〉

〈與朱元思書〉

5. 勸誡類 —— 把握內容、體悟情感（4 篇）

〈誡子書〉、〈出師表〉、〈送東陽馬生序〉、〈馬說〉

以上 5 類，我把它們編了一段口訣，幫助你深刻體悟它們各自的特點。

文言文閱讀口訣

諸子散文寓意深，研讀學習聯實際；

傳記紀事知興替，對照前人常省己；

志人志怪重形象，認識社會解新意；

寫景抒情賞意境，託物言志悟事理；

自古賢人善勸諫，以小見大可勵志；

歷史文化積澱厚，文言閱讀心有底。

　　本書運用心智圖這種視覺化的思考技術，運用圖文並茂的形式和嚴謹的邏輯結構，將中學階段必背的 35 篇文言文清晰繪製呈現。每篇文言文都從心智圖、文脈梳理、知識清單三方面繪製了精美的心智圖作品。在方法篇部分，我繪製了一些相關的導圖範例，包含了心智圖背誦文言文的方法和步驟，以及相關的知識重點和答題方法，便於學生整體高效閱讀學習。在背誦篇部分，其中的大部分作品均來自我導圖工坊的優秀學員們，其中包含優秀的教師、中學生等，在此基礎上我進行了後期的指導、修改，目的就是希望大家能夠學習到最正宗的心智圖，快速牢記中學考試必背文言文的內容和重點。

第二節
文言文背誦五步法

提起語文學習，我想你認為最難的部分，應該就數文言文背誦了。义言文背誦難在哪呢？難就難在記不住，背完就忘。

我曾經教過一個學生，他本身學習成績非常優異，但唯獨在背誦古文方面是完全沒有方法。記得有一次他拿著一篇〈出師表〉的古文來找我，問我怎麼才能把它快速背出來。我問他平時是怎麼背誦的，他說就是不停地讀「先帝創業未半」，讀得多了自然就會背了，但是需要花費好長時間，而且當時是背會了，可是過幾天，好多內容就又想不起來。這就是典型的死記硬背。

其實記憶文言文並不難，關鍵在於你有沒有採用高效的方法。背誦文言文最核心的方法是在理解文意的基礎上，運用心智圖把全篇內容進行結構化歸類，下面我就分享給你一個背誦古文的小錦囊 —— 文言文背誦五步法，教你輕鬆學會用心智圖來高效背誦义言文。

文言文背誦五步法

第一步：讀懂全篇，掃障礙。

第二步：劃分層次，找關鍵。

第三步：按部就班，繪導圖。

第四步：看圖記憶，串全文。

第五步：對照還原，再修正。

文言文背誦五步法

下面我就以七年級語文下冊的〈陋室銘〉為例來講給你聽。

第一步，**讀懂全篇**，**掃障礙**。這一步，是為了讓你先讀懂文言文全篇的意思，畢竟理解才是記憶的基礎。

經典原文

山不在高，有仙則名。水不在深，有龍則靈。斯是陋室，唯吾德馨。苔痕上階綠，草色入簾青。談笑有鴻儒，往來無白丁。可以調素琴，閱金經。無絲竹之亂耳，無案牘之勞形。南陽諸葛廬，西蜀子雲亭。孔子云：「何陋之有？」

這段話是什麼意思呢？我們先一起來了解一下。

參考譯文

　　山不一定要高，有了仙人居住就會出名；水不一定要深，有了龍盤踞就會靈驗。這是簡陋的屋舍，只因我（住屋的人）的品德好，就不感到簡陋了。苔痕長到階上，使臺階都綠了；草色映入竹簾，使室內染上了青色。說說笑笑的都是博學的人，來來往往的沒有平民。可以彈奏不加裝飾的琴，瀏覽珍貴的佛經。沒有世俗的樂曲擾亂心境，沒有官府的公文勞神傷身。它好比南陽諸葛亮的草廬，西蜀揚子雲的屋舍。孔子說：「有什麼簡陋的呢？」

　　第二步，**劃分層次，找關鍵**。通讀全文，分析篇章結構，給這篇古文劃分段落層次，然後用一個核心關鍵詞來概括每一部分的內容。這一步，就是幫你確定全篇的脈絡結構，說得具體些，就是理清楚和建構全文的整體邏輯關係。目的就是化整為零，把整篇內容拆分成幾個小的關鍵點。

　　那麼，經過仔細分析之後，這篇文言文我們大致可以分為五個部分：

　　「山不在高，有仙則名。水不在深，有龍則靈。斯是陋室，唯吾德馨。」是第一部分，我們可以用一個關鍵詞「主旨」來概括。

　　「苔痕上階綠，草色入簾青。」是第二部分，我們同樣用一個關鍵詞來概括，就是「環境」。

　　「談笑有鴻儒，往來無白丁。」是第三部分，我們可以把這句概括為「客人」。

　　「可以調素琴，閱金經。無絲竹之亂耳，無案牘之勞形。」是第四部分，我們用關鍵詞「生活」來概括。

　　「南陽諸葛廬，西蜀子雲亭。孔子云：『何陋之有？』」是第五部分，我們可以用「類比」來概括。

　　第三步，按部就班，繪導圖。在理清楚全篇結構後，我們就可以按照心智圖通用的五步繪圖法，來按部就班地畫心智圖了。這一步，是為了把我們提煉

和拆分出來的關鍵詞，進行結構化梳理和圖像化呈現，具體來說，就是根據不同的層次，我們把高層級的關鍵詞（即最具概括性和總結性的關鍵詞）放在大綱主幹上，低層級的關鍵詞放在內容分支上，並用靈動的線條把關鍵詞的邏輯結構梳理清楚，看看它們是並列關係、遞進關係還是總分關係。

這裡要強調一下，為了讓你記憶的時候更容易，一定要盡可能在文字基礎上畫上能夠輔助你更好記憶的圖像。

心智圖五步繪圖法

第 1 步：明確主題，畫中心。

中心圖：中心圖的繪製要依照題目或內容來呈現。

我們首先在紙張中央的位置來繪製本文的主題「陋室銘」，所以中心圖畫了簡陋的房子，屋頂上還有幾個洞。

中心圖

第 2 步：劃分結構，定主幹。

　　主幹：這一步只需在腦中大致設定，便於接下來為繪製具體內容平衡好布局，但無須在紙上畫出來。

　　下面我們需要在大腦中思考好各個主幹的內容，前面講到了這幅心智圖總共分為五個部分。我們就把五個關鍵詞分別寫在主幹上：第一部分是主旨；第二部分是環境；第三部分是客人；第四部分是生活；第五部分是類比。

主幹

第3步：梳理細節，延分支。

內容分支：依次繪製具體的細節內容。

第一部分：主旨。

主幹「主旨」後面，借山水起興，同時也作類比。山和水是並列的關係。仙，可以讓並不高峻的山美名傳揚；龍，可以使並不深邃的水具有靈性。「斯是陋室，唯吾德馨」是全文的主旨。「陋室」二字扣題，「德馨」一語統領全篇。「馨」諧音為「心」，所以畫了一顆紅心。主人高尚的品德，同樣可使陋室生輝，不再簡陋。

第一部分：主旨

第二部分：環境。主幹「環境」後面，主要講了苔痕和草色，分別用「苔蘚」和「青草」表示。苔痕碧綠，長到階上，畫了一個臺階，上面長滿了綠色的苔蘚；草色青蔥，映入簾裡，畫了一個青色的簾子。陋室掩映在蒼苔、綠草之中，室內、室外一片青蔥。

第二部分：環境

第三部分：**客人**。主幹「客人」後面，主要講了鴻儒和白丁，鴻儒指的是博學的人，畫了一個知識淵博的學者；白丁指的是平民，畫了一個百姓表示。意思是說說笑笑的都是博學的人，來來往往的沒有平民。

第三部分：客人

　　第四部分：生活。主幹「生活」後面，「可以」用「勾號」表示，「無」用「叉號」表示。「可以」後面接調素琴和閱金經。素琴指的是不加裝飾的琴，所以直接畫了一個簡單的古琴。金經畫了用泥金書寫的佛經。主人可以在陋室裡調弄素琴、閱讀金經，怡情悅性，修養身心。「無」後面接的是絲竹和案牘。絲竹用笛子表示；案牘用狹長竹簡寫的官府公文來表示；亂耳，畫了一隻耳朵；勞形，畫了身體。也就是沒有絲竹彈奏的俗樂擾亂耳朵，沒有案頭枯燥的公文勞神傷身。

第四部分：生活

　　第五部分：類比。主幹「類比」。先以古之名室比今之陋室，兩者並論，自然得出了「陋室不陋」的結論。將自己的陋室與「諸葛廬」、「子雲亭」相提並論，諸葛亮身居茅屋而知天下三分之勢，揚子雲在簡陋的亭子裡寫出了學術著作《太玄經》，他們雖然都曾居於陋室，最終卻在功業、學術方面取得了卓越成就。最後再引用孔子之言，收束全篇，再次證明陋室不陋。孔子旁邊畫了一朵雲，雲裡藏著「何陋之有？」這句孔子說的話。

第五部分：類比

第 4 步：區分圈層，找關聯。

　　第三部分寫室中之人，和主人來往的都是「鴻儒」，也就是學問淵博的人，以交往之雅見「唯吾德馨」，表明陋室不陋。

　　第五部分引用孔子的話，同樣巧妙地回應了開頭「唯吾德馨」一句。所以，以上兩部分均畫了虛線延伸到第一部分的「德馨」處，表明它們之間的關聯性。

關聯性

第 5 步：增強記憶，添圖像。

　　主幹上的關鍵詞非常重要，所以盡量新增圖像造成提示重要訊息的作用。第一部分是主旨，用「指示的手指」表示。第二部分是環境，指的是居室的環境，所以房子的門開啟，箭頭指向屋內。第三部分是客人，指的是來往的客人，用兩個人表示。第四部分是生活，指的是日常生活，日常用太陽表示，生活可以諧音為「生火」，所以用火堆表示。第五部分是類比，連舉三位古代名人，因為三位是名人，所以頭頂有光環。內容分支上，「調」用撥動琴絃的手表示，「閱」用眼睛表示；南陽用「S」表示，西蜀用「W」表示，代表具體的方向；諸葛廬用諸葛亮的扇子表示，子雲亭畫了一座亭子。

圖像語言

　　第四步：**看圖記憶，串全文**。我們的導圖畫好了，接下來就是記憶了。跟你以往的方法不一樣的是，這次記的是導圖，而不是文字。這一步，是讓你能夠化零為整，把全文的關鍵詞和細節內容，都透過心智圖串聯起來，更好地記憶。

　　第五步：**對照還原，再修正**。這一步就很簡單了，一般來說看完整幅心智圖之後，我們基本上就能記下大部分內容了，可以根據自己的記憶還原原文。可能還有小部分你沒記住的，透過對照原文修正，就能很輕鬆地牢固記憶了。

第三節
文言文翻譯小技巧

文言文句子翻譯幾乎是每年必考的內容，所以你一定要學會精準快速翻譯文言文的方法。文言文翻譯經常考的句子主要有三類：

第一類是文中有深層意義、表現力強、能展現文章主旨的句子。

第二類是判斷句、被動句、省略句、倒裝句等句式比較特殊的句子。

第三類是有古今異義詞，或通假字、詞類活用等特殊現象的句子。

把文言語句譯成現代漢語，是學習文言文的手段，翻譯本身不是目的，目的是透過翻譯加深對文言文的理解。

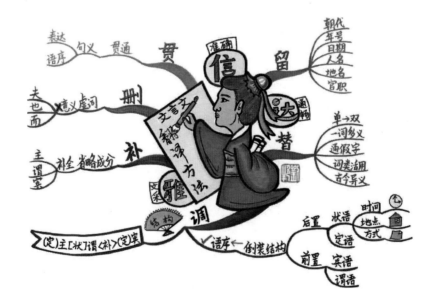

一、文言文句子翻譯的六種方法

1. 留：朝代、年號、日期、人名、地名、官職等專有名詞保留原樣，不用翻譯。

例如：慶曆四年春，滕子京謫守巴陵郡。(〈岳陽樓記〉)

慶曆四年的春天，滕子京被貶官做了巴陵郡的太守。「慶曆」是年號，「滕子京」是人名，「巴陵郡」是郡名，翻譯時把它們保留下來，照搬到譯文中就行了。

2. 替：單音詞替換為雙音詞；一詞多義；通假字替換為本字；詞類活用前替換為詞類活用後；古今異義。

例如：夫大國，難測也，懼有伏焉。(〈曹劌論戰〉)

大國的虛實是難以推測的，我懼怕他們有埋伏。

「測」、「懼」、「伏」都是單音節詞，應譯為雙音節詞「推測」、「懼怕」、「埋伏」。

3. 調：這指特殊句式的翻譯方法。文言文中有些特殊句式(如時間狀語後置、地點狀語後置、方式狀語後置，定語後置，賓語前置，謂語前置等倒裝句)和現代漢語的語序不一樣，翻譯時要進行適當的調整，使之符合現代漢語的語言結構和習慣。

記住順序：(定)主[狀]謂<補>(定)賓。

例如：

(1) 甚矣，汝之不惠。(主謂倒裝)(〈小石潭記〉)

你太不聰明了。

(2) 何以戰？(賓語前置)(〈曹劌論戰〉)

您憑藉什麼作戰？

（3）皆以美於徐公。（狀語後置）（〈鄒忌諷齊王納諫〉）

都認為（我）比徐公美。

4. 補：所翻譯的句子若是省略句，則要把省略的成分增補出來。省略的成分一般有：主語、謂語、賓語和介詞「於」。

例如：見漁人，乃大驚，問所從來。具答之。（〈桃花源記〉）

（村裡的人）看見漁人，很是驚奇，問（漁人）從哪裡來。（漁人）詳細地回答了他們。

原文中省略了兩處主語、一處賓語，翻譯時要將其補充出來，意思才完整。

5. 刪：句中沒有實際意義的虛詞應刪去，不必翻譯，如：「夫」、「也」、「而」等。

例如：吾妻之美我者，私我也。（〈鄒忌諷齊王納諫〉）

我的妻子認為我美，是偏愛我。

原文中的「……者，……也」是文言文常見的判斷句式的標誌。「者」起停頓作用，「也」表示判斷語氣。翻譯時，「者」「也」都可刪去不譯。

6. 貫：在完成前面所有的步驟以後，最終整合句意，看看是否存在表達或語序不當的問題。

「留、替、調、補、刪、貫」是中考文言文翻譯的基本方法，在具體運用時不是孤立的，而常常是幾種方法結合在一起，你要根據翻譯的需要靈活運用。

二、文言文翻譯的基本原則

文言文翻譯的基本原則

原則	含義	要求
信	就是忠於原文。恰當地運用現代漢語把原文翻譯出來。譯文要符合原文的內容，符合每個詞語的含義，字字落實，句句落實，不可隨意增減內容。	準確（直譯為主，意譯為輔）
達	就是通順暢達，譯文要符合現代漢語的語法及用語習慣，字句通順，沒有語病。 要把原作的語意、思想、感情和語氣都準確地表達出來，即意思準確，語言流暢。	通暢
雅	語言要規範，要譯得富有文采。用簡明、優美、練達的現代漢語把原文的內容、形式以及風格準確地再現出來。這是文言文翻譯的最高要求。	有文采（語言規範，文筆優美）

文言文翻譯口訣

通讀全文，掌握大意；

人名地名，不必翻譯；

省略補出，倒裝調換；

異義活用，置換現漢；

無義虛詞，刪去不譯；

領會語氣，務求直譯。

　　文言文翻譯除了掌握這些方法之外，還要注意從整體上把握文章內容，了解主題，辨明文體，弄清語言特色。你要從「字不離詞，詞不離句」的角度，從詞語的前後關係、語境條件限制等方面著眼，不能孤立地去翻譯單個詞語。你還要考慮到詞義的發展演變，千萬不能望文生義哦。

第四節
文言文閱讀的核心知識

文言文閱讀是在疏通文字的基礎上，透過賞析章法考究處、煉字煉句處，理解古人的情懷，體會文言獨特的美感。運用心智圖來閱讀文言文能夠讓我們追本溯源，思接千載，將核心知識重點融於一張圖，更加系統化、規律化、整合化。下面我們一起來研究文言文閱讀的整體要求。

文言文閱讀的整體要求

整體感知文章內容，即「理解文章基本內容」。

明確文中的一些多音字的讀音，掌握通假字的意義，理解關鍵實詞的含義。

能用現代漢語翻譯句子。

能對文章中的一些觀點和藝術特色做簡要評價和賞析。

「萬丈高樓平地起」，要想讀懂、讀透文言文，就要掌握文言文的一些基礎知識。下面我將文言文閱讀需要學習的知識整理在了一張心智圖上，以便於學生們學習。

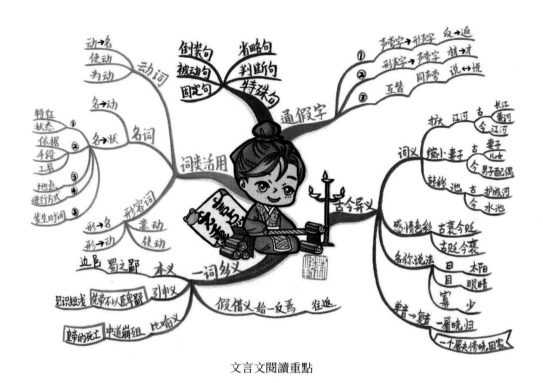

文言文閱讀重點

一、文言文常見通假字

通假又叫通借，前人也稱假借，是古人用字寫詞時本有其字而不用，或「本無其字，依聲託事」而用一個音同或音近的字來代替的現象。原本當用的字叫本字，臨時用來替代本字的那個字叫通假字或通借字。

通假字的解釋有一定的格式，即通什麼字，意思是什麼。

通假字的種類：

1.「聲旁字」代替「形聲字」

例如：寒暑易節，始一反焉。（反—返）（〈愚公移山〉）

2.「形聲字」代替「聲旁字」

例如：食之不能盡其材。（材—才）（〈馬說〉）

3. 同聲旁的字互相代替

例如：學而時習之，不亦說乎？（說—悅）（《論語》十二章）

二、文言文常見古今異義

現代漢語是對古代漢語的繼承和發展，古代漢語中有些詞義一直沿用下來，古今詞義相同，但很多詞義已發生了變化，概括起來，大致有如下情況：

詞義的擴大。例如「江」、「河」，古代專指長江、黃河，現在已不是專有名詞，而成為普通名詞，泛指一般的江河。

詞義的縮小。例如「妻子」，古代指妻子和兒女，現在則只指男子的配偶。

詞義的轉移。例如「涕」，古代指眼淚，現在則指鼻涕。再如「池」，古代指護城河，現在則指水池。

感情色彩變化。一些詞語的感情色彩在發展演變的過程中發生了變化。例如：「卑鄙」在古代是兩個單音節詞，指社會地位低微、見識短淺，是表示謙虛的中性詞語，如「先帝不以臣卑鄙，猥自枉屈，三顧臣於草廬之中」（〈出師表〉）中的「卑鄙」即此義；現代漢語中的「卑鄙」變成了一個雙音節詞，指（語言、行為）惡劣、不道德，變成了貶義詞。

名稱說法改變。有些古代的單音節詞變成了現代的雙音節詞。例如：「日」表示「太陽」這一意思，自唐宋以後人們在口語中就使用「太陽」一詞而不用「日」了。再如「目」改稱「眼睛」，「寡」改稱「少」，但在成語「目不識丁」、「寡不敵眾」中還在使用。

單音節詞變為複音節詞。古代漢語以單音節詞為主，複音節詞居少數，發展到現代漢語，單音節詞一般都變為複音節詞了。

例如「一屠晚歸」（〈狼〉），我們現在說「一個屠夫傍晚回家」，古代漢語中的四個單音節詞對應翻譯成現代漢語的複音節詞。

三、文言文常見一詞多義

文言文中，一詞多義的現象非常普遍，有的詞多達十幾個義項。

一詞多義，是指同一個詞語在不同的語言環境中有著不同的含義。一詞多義主要是由引申、比喻、假借等產生的，因而一個詞語的多種含義主要包括詞的本義、引申義、比喻義和假借義等。

1. 詞的本義是指詞的本來的意義，即詞的最初的意義。它是詞的比喻義、引申義和假借義的觸發點。例如：

①人知從太守遊而樂。（〈醉翁亭記〉）

②擇其善者而從之。（《論語》十二章）

③從民欲也。（〈陳涉世家〉）

「從」，從字形上看，是一人緊跟著另一人，因而義為「跟隨」，即「從」的本義。例①中的「從」即為此意。例②中的「從」的含義是「學習」，例③中的「從」的含義是「順從」、「依從」，都是由其本義衍生出來的。

2. 所謂詞的引申義，就是由本義直接或間接引申出來的意義，即在本義的基礎上繁衍衍生出來的意義。例如：

①蜀之鄙有二僧，其一貧，其一富。（〈為學〉）

②先帝不以臣卑鄙，猥自枉屈，三顧臣於草廬之中，諮臣以當世之事。（〈出師表〉）

③肉食者鄙，未能遠謀。（〈曹劌論戰〉）

例①中的「鄙」的含義為其本義「邊邑」，例②中的「鄙」的含義為「見識短淺」，例③中的「鄙」的含義為「淺陋」、「目光短淺」。因為是邊境地區，所以偏僻閉塞；由於閉塞，未能受到社會文明教化，因而相對較為淺陋、庸俗。各義都是由本義引申出來的。本義「邊境」是引申義的起點，「見識短淺」和「淺陋」都是從本義引申而來的。

3. 詞的比喻義是由本義透過打比方生發出來的意義，大多是透過修辭上的比喻而逐漸固定下來的意義，但它與修辭上的比喻不同，比喻義已經成為多義詞中的一個意義，是約定俗成的、經常使用的、詞典上記錄下來的意義；而比喻則是臨時性的。例如：先帝創業未半而中道崩殂。〈出師表〉句中「崩」在這裡是運用了其比喻義，比喻皇帝的死亡。

4. 詞的假借義是借用已有的音同或音近的文字而表示的意義。

①寒暑易節，始一反焉。（〈愚公移山〉）

②食馬者不知其能千里而食也。（〈馬說〉）

例①中的「反」是「返」的假借，意為「往返」。

例②中的「食」為「飼」的假借，意為「餵」。

四、文言文常見詞類活用

詞類活用是文言文中很常見的一種語言現象，它常常是藉助一定的語言環境，將通常某種性質和語法功能的詞，臨時做另一種性質和語法功能的詞，通常是詞的性質發生了改變。古漢語中的詞類活用主要有：

（一）名詞的活用

1. 名詞活用為動詞

名詞活用為動詞，活用後的意義和這個名詞的意義密切相關，只是動作化了。例如：

中通外直，不蔓（長藤蔓）不枝（長枝節）。（〈愛蓮說〉）

策（用馬鞭驅趕）之不以其道。（〈馬說〉）

2. 名詞做狀語

現代漢語中名詞（時間詞、處所詞除外）不能做狀語。但在古代漢語中，名詞直接做狀語卻較為普遍，並有著如下幾方面的修飾、限制做用：

（1）表示動作行為的特徵或狀態。例如：其一犬坐於前。（〈狼〉）

「犬」是名詞做狀語，用比喻的方法，修飾動詞「坐」，表示狀態，意思是「像狗那樣」。

（2）表示動作行為的依據、手段或工具。例如：失期，法皆斬。（〈陳涉世家〉）

「法」是「依照法律」、「按照法律」，修飾謂語「斬」，做狀語。

（3）表示動作行為發生的地點。例如：皆若空遊無所依。（〈小石潭記〉）

「空」是「在空中」，修飾謂語「遊」，做狀語。

（4）表示動作行為進行的方式。例如：群臣吏民能面刺寡人之過者，受上賞。（〈鄒忌諷齊王納諫〉）

「面」是「當面」，修飾謂語「刺」，做狀語。

（5）表示動作行為發生的時間。例如：時而獻焉。（〈捕蛇者說〉）

「時」用在動詞「獻」前，做狀語，是「到時候」的意思。

（二）動詞的活用

1. 動詞活用為名詞

動詞的主要作用是充當謂語，表示動作、行為等，但有時出現在主語或賓語的位置上，表示與這個動作行為有關的人或事，這時動詞活用為名詞，充當主語或賓語。例如：

夫大國，難測也，懼有伏焉。（〈曹劌論戰〉）

「伏」做「有」的賓語，表示跟「伏」這種行為有關的人，活用為名詞，意思是「伏兵」。

2. 動詞的使動用法

動詞和賓語不是一般的支配與被支配的關係，而是使賓語產生這個動詞所表示的動作行為。例如：

所以動心忍性。（〈生於憂患，死於安樂〉）

「動」活用為使動詞，意思是「使……觸動」。

3. 動詞的為動用法

動詞不是直接支配賓語，而是表示為（替）賓語施行某一動作。例如：

此悉貞良死節之臣。（〈出師表〉）

「死」是為動用法，「死節」意思是「為節操而死」。

（三）形容詞的活用

1. 形容詞活用為名詞

形容詞表示跟它性質、狀態或特徵有關的人或事物，臨時具有了名詞或代詞的語法功能，在句子中充當主語或賓語，這就是形容詞活用為名詞。翻譯成現代漢語時，應補出中心詞（名詞），而以這個形容詞做定語。例如：

侍中、侍郎郭攸之、費禕、董允等，此皆良實。（〈出師表〉）

「良實」充當判斷句的賓語，意思是「忠良誠實的人」，活用為名詞。

2. 形容詞活用為動詞

形容詞活用為一般的動詞，多數是由於其後面帶了賓語，因為形容詞本身不能帶賓語。例如：

復前行，欲窮其林。（〈桃花源記〉）

「窮」原為形容詞，在這裡用作動詞，意思是「走完」。

如鳴佩環，心樂之。（〈小石潭記〉）

「樂」原為形容詞，在這裡活用為動詞，可譯為「以……為樂」。

而君逆寡人者，輕寡人與？（〈唐雎不辱使命〉）

「輕」原為形容詞，在這裡活用為動詞，可譯為「輕視」。

3. 形容詞的使動用法

形容詞帶上賓語以後，如果是主語使得賓語具有這個形容詞所表示的性質或狀態，那麼這個形容詞則活用為使動詞。例如：

故天將降大任於是人也，必先苦其心志，勞其筋骨，餓其體膚，空乏其身。（〈生於憂患，死於安樂〉）

「苦」、「勞」、「餓」、「空乏」即「使……苦」、「使……勞」、「使……餓」、「使……空乏」。

4. 形容詞的意動用法

形容詞後帶賓語，表示主語在主觀上「認為」賓語所代表的人或事物，具有這個形容詞所表示的性質或狀態。例如：

吾妻之美我者，私我也。（〈鄒忌諷齊王納諫〉）

形容詞「美」帶賓語「我」，「美我」即「以我為美」，意思是「認為我美」。

五、文言文常見特殊句式

（一）被動句

文言文中的被動句一般不用介詞「被」，而是借用其他的介詞來表示。

常見的有以下幾種：

1. 用介詞「於」引進動作、行為的主動者。例如：吾不能舉全吳之地，十萬之眾，受制於人。（〈赤壁之戰〉）

2. 用「為」表被動。例如：是非木柿，豈能為暴漲攜之去？（〈河中石獸〉）

3. 用「為……所」表被動。例如：茅屋為秋風所破歌。（〈茅屋為秋風所破歌〉）

4. 無任何標誌的被動句，可根據上下文意思補出被動詞。例如：帝感（於）其誠。（〈愚公移山〉）

（二）倒裝句

文言文中為了強調或出於某種習慣，有些句子成分倒置了，或提前，或置後，我們稱之為倒裝句。翻譯時，一般要把倒裝的部分還原到句子原來的位置。

常見的倒裝句有：

1. 賓語前置

（1）疑問句中，疑問代詞做賓語，賓語前置。例如:微斯人，吾誰與歸？（〈岳陽樓記〉）

（2）否定句中，代詞做賓語，賓語前置。例如：忌不自信。（〈鄒忌諷齊王納諫〉）

（3）一般用「之」、「是」等助詞作為賓語前置的標誌。例如:孔子云:「何陋之有？」（〈陋室銘〉）

2. 謂語前置

文言文中有時為了強調謂語，而把謂語放在主語前面，一般為感嘆句。

例如：甚矣，汝之不惠！（〈愚公移山〉）

3. 定語後置

定語是修飾或限制名詞的，通常用在主語或賓語之前，但在文言文中有時為了突出中心語或定語，或者為了使語句流暢順口，把定語放在主語或賓語之後，形成定語後置。翻譯的時候，應把定語放在名詞之前。

例如：（1）馬之千里者。（〈馬說〉）

（2）通計一舟，為人五；為窗八。（〈核舟記〉）

4. 狀語後置

現代漢語中，狀語置於謂語之前，若置於謂語之後便是補語。但在文言文中，處於補語位置的成分往往要以狀語來理解。

例如：（1）戰於長勺。（〈曹劌論戰〉）

（2）投以骨。（〈狼〉）

（三）省略句

文言文在不影響語意表達的情況下，經常省略某些成分。在翻譯的時候，要將省略的部分補充出來。

1. 省略主語。

例如：（他們）見漁人，乃大驚，（他們）問所從來。（漁人）具答之。（〈桃花源記〉）

2. 省略謂語。

例如：一鼓作氣，再（鼓）而衰，三（鼓）而竭。（〈曹劌論戰〉）

3. 省略賓語。

例如：又患無碩師、名人與（之）遊。（〈送東陽馬生序〉）

4. 省略量詞。

例如：三（個）人行，必有我師焉。（《論語》十二章）

（四）判斷句

對客觀事物表示肯定或否定，構成判斷與被判斷關係的句子，叫判斷句。常見的判斷句式有：

1. 主語後面用「者」表示停頓，謂語後面用「也」表示判斷，即「……者，……也」。

例如：南冥者，天池也。（〈北冥有魚〉）

2. 主語後面用「者」表示停頓；而謂語後面不用「也」，即「……者，……」。

例如：北山愚公者，年且九十，面山而居。（〈愚公移山〉）

3. 主語後面不用「者」表示停頓，只在謂語後面用「也」表示判斷，即「……，……也」。

例如：夫戰，勇氣也。（〈曹劌論戰〉）

4. 主語後面不用「者」表示停頓，在謂語後面連用「者也」表示判斷，即「……，……者也」。

例如：蓮，花之君子者也。（〈愛蓮說〉）

5. 用動詞「為」表示判斷，即「……為……」。

例如：若為傭耕，何富貴也？（〈陳涉世家〉）

6. 用「乃」、「即」、「則」、「皆」、「必」、「本」、「系」等副詞表示肯定判斷，兼加語氣詞，用副詞「非」表示否定判斷。

例如：此則岳陽樓之大觀也。（〈岳陽樓記〉）

臣本布衣。（〈出師表〉）

非人哉！與人期行，相委而去。（〈陳太丘與友期行〉）

7. 用「是」做判斷動詞，出現較晚且少見。

例如：斯是陋室，唯吾德馨。（〈陋室銘〉）

8. 不用任何標誌，前後形成判斷關係。

例如：臣本布衣。（〈出師表〉）

（五）固定句式

文言句法中有些格式是固定的，或表疑問，或表反問，或表判斷。熟悉了這種固定的格式，就可以一眼看出是表示什麼語氣，所以要掌握它。常見的固定句式有：

標誌詞	翻譯	舉例
1. 無以，無從	沒有用來……的	河曲智叟亡以應。（「亡」同「無」）（〈愚公移山〉）
2. 有所	有……的（人、事、物）	必能裨補闕漏，有所廣益。（〈出師表〉）

3. 如何、奈何、若何	怎麼樣、怎麼、怎麼辦 「如何」、「若何」都可以反過來成為「何如」、「何若」	岱宗夫如何？（〈望嶽〉）
4. 如……何	對……怎麼辦	如太行、王屋何？（〈愚公移山〉）
5. 是故、是以、以是	因此、所以	以是人多以書假余。（〈送東陽馬生序〉）
6. 所以	用來……的 ……的原因 ……的方法	親賢臣，遠小人，此先漢所以興隆也。（〈出師表〉）此臣所以報先帝而忠陛下之職分也。（〈出師表〉）
7. 不亦……乎	不也是……嗎	學而時習之，不亦說乎？有朋自遠方來，不亦樂乎？人不知而不慍，不亦君子乎？（《論語》十二章）
8. 得無……乎，得無……耶	恐怕……吧 莫非……吧	覽物之情，得無異乎？（〈岳陽樓記〉）
9. 何以	憑什麼	何以戰？（〈曹劌論戰〉）
10. 然則……	（既然）這樣，那麼……	然則何時而樂耶？（〈岳陽樓記〉）

| 11. 若夫…… | 像那…… | 若夫日出而林霏開，雲歸而巖穴暝。（〈醉翁亭記〉） |
| 12. 孰與…… | 與……相比怎麼樣 | 我孰與城北徐公美？（〈鄒忌諷齊王納諫〉） |

第五節

按圖索驥 —— 快速記憶 18 個文言虛詞用法的妙招

在文言中，虛詞是與實詞相對而言的。一般說來，實詞的意義比較具體，在句子中充當主要成分；虛詞的意義比較抽象，有時只造成語法的作用，沒有實在的意義。中學階段應掌握的虛詞有 18 個，分別是：

而、何、乎、乃、其、且、若、所、焉、為、也、以、因、於、與、則、者、之

首先你要把這 18 個虛詞記下來，才能做到靈活應用。那怎麼記住呢？

第一步：換一換，你可以嘗試把這些虛詞換個順序：因為於焉何而且之乎者也則所以乃其若與

第二步：想一想，**再發散聯想一下**：因為 之乎者也 淹河魚 而且 期落雨 所以奶責

第三步：編一編，你可以把它編成一個小故事，腦中出現這樣的畫面：因為一個讀書人嘴裡不停地說著「之乎者也」，看到河裡的魚快淹死了，而且他還期待著落雨，所以奶奶就責備他。

為了讓你記得牢，我特意畫了一些圖來幫你記住這些虛詞。你可不要小看這些圖片，它們可以幫助你記下每個虛詞本身包含的相關意思，而且會非常有趣。

因——音樂	为——刺猬	之——蜘蛛俠	乎——壺	者——記者	也——爺爺
焉——眼睛	何——荷花	于——鱼	其——围棋	若——箬竹	与——雨傘
所——鎖	以——螞蟻	乃——奶牛	則——武則天	而——耳朵	且——茄子

　　舉個例子，比如說「以」，我畫的圖片是「螞蟻」。「以」本身有 3 種詞性，8 個釋義。我把每種詞性分別賦予一種顏色：介詞（綠色），連詞（藍色），動詞（紅色）。因為有 8 個釋義，所以我在螞蟻身上分別找了 8 個部分，來對應這 8 個釋義。最後，我們再把每個部位和對應的釋義做個聯結，形成一個小故事或者一個生動的畫面，從而幫助你快速牢固地記下這些內容。

以 —— 螞蟻

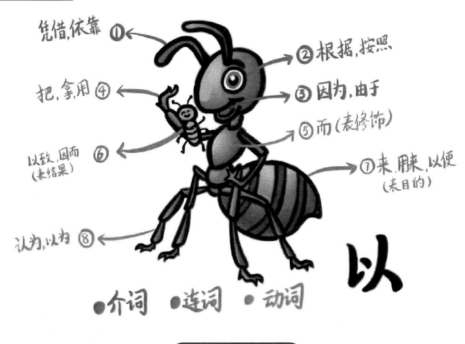

記一記 小試牛刀

1. 介詞

（1）憑藉，依靠 —— 觸角

聯結：螞蟻憑藉觸角感知氣味，依靠觸角與其他螞蟻溝通。

（2）根據，按照 —— 眼睛

聯結：螞蟻那兩隻眼睛跟個句號一樣（根據），大眼珠子一按就照相（按照）。

（3）因為，由於 —— 嘴巴

聯結：因為嘴巴裡有魷魚（由於）。

（4）把，拿，用 —— 前腳

把它前腳拿過來，用來泡酒。

2. 連詞

（5）表修飾。而 —— 胸腔

聯結：螞蟻胸前掛著耳環（而），造成修飾作用。

（6）表結果。以致，因而 —— 嬰兒

聯結：螞蟻懷裡抱著一隻（以致）嬰兒（因而）。

（7）表目的。來，用來，以便 —— 腹部

聯結：螞蟻的腹部用來儲存毒液，以便防禦敵人。

3. 動詞

（8）認為，以為 —— 後腳

聯結：後腳一看，就如一位（以為）忍者侍衛（認為）。

練一練 刻意練習

1. 溫故而知新，可以為師矣。（《論語》）（憑藉，依靠）

2. 屠懼，投以骨。（〈狼〉）（把，拿，用）

3. 不以物喜，不以己悲。（〈岳陽樓記〉）（因為，由於）

4. 策之不以其道。（〈馬說〉）（根據，按照）

5. 以光先帝遺德，恢弘志士之氣。（〈出師表〉）（表目的。來，用來，以便）

6. 不宜妄自菲薄，引喻失義，以塞忠諫之路也。（〈出師表〉）（表結果。以致，因而）

7. 手自筆錄，計日以還。（〈送東陽馬生序〉）（表修飾。而）

8. 皆以美於徐公。（〈鄒忌諷齊王納諫〉）（認為，以為）

於 —— 魚

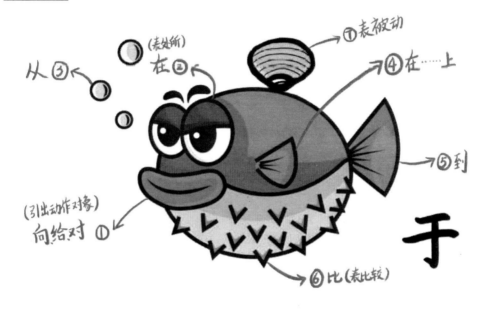

記一記 小試牛刀

1.介詞

（1）引出動作的對象：向、給、對 —— 魚脣

聯結：向你給了個脣吻，對你大笑。

（2）表處所：在 —— 眼睛

聯結：雙眼在前看著你，莫名其妙。

（3）從 —— 氣泡

聯結：從嘴裡一吸一鼓，吐著氣泡。

（4）在……上 ── 魚鰭

> 聯結：魚鰭在水上跳舞，邊游邊跳。

（5）到 ── 尾巴

> 聯結：尾巴掃出大波浪，財神駕到。

（6）表比較：比 ── 魚刺

> 聯結：魚刺比刺蝟還多，比較比較。

（7）表被動 ── 貝殼

> 聯結：後背上黏個貝殼，不要不要。

練一練 刻意練習

1. 少時，一狼徑去，其一犬坐於前。（〈狼〉）（表處所：在）

2. 三顧臣於草廬之中。（〈出師表〉）（到）

3. 舜發於畎畝之中。（〈生於憂患，死於安樂〉）（從）

4. 苟全性命於亂世，不求聞達於諸侯。（〈出師表〉）（引出動作的處所或對象：在、向、給、對）

5. 皆以美於徐公。（〈鄒忌諷齊王納諫〉）（比）

6. 故天將降大任於是人也。（〈生於憂患，死於安樂〉）（給）

7. 吾不能舉全吳之地，十萬之眾，受制於人。（〈赤壁之戰〉）（表被動）

學習文言虛詞，要重點掌握一些常見文言虛詞的用法。平時要多多總結方法，熟讀課文，記住典型例句，增強語感，注意累積，只有這樣，你的理解能力才會逐步提高。

第六節
文言文得分錦囊

［錦囊 1］理解文言實詞在具體語境中的含義

考試方向

1. 直接釋義型：即直接解釋句中加點的實詞。

2. 判斷正誤型：即對四個實詞分別解釋，要求選出錯誤（或正確）的一項。

3. 一詞多義型：即給出四組短語或句子，理解同一實詞在不同語境中的意思。

4. 辨古今異義型：即選出古今意義相同（或不同）的一項。

5. 理解例句型：即給出例句，要求考生選出詞語意義與例句相同的一項。

解題技巧

技巧一：字形推斷法。漢字屬於表意文字，且百分之八十以上是形聲字。形聲字是由表意偏旁和表聲偏旁構成的。了解表意偏旁的表意功能，透過分析字形，就可掌握詞義。

技巧二：語境推斷法。解釋詞義時，要緊緊抓住上下文，結合具體語境理解。

技巧三：成語印證法。成語中保留著大量的文言詞義，可以用熟知的成語來推斷文言文中的實詞詞義。

技巧四：課文遷移法。又稱「聯想推斷法」，即連繫課文中，學過的有

關語句中該詞的用法,來推斷詞義,此法適用於課外文言文閱讀。

　　技巧五:古今對照法。即以古今構詞特點比照推斷詞義。漢語詞彙中有一部分詞古為今用,但意義往往古今不同,需要特別注意其不同。現代漢語中的一個詞,在古漢語中常常是兩個詞。

　　技巧六:對句判斷法。又稱「語言結構推斷法」,即根據整句中對應詞語的意思推斷詞義。

答題思路

1. 準確解釋字詞含義。注意利用註釋,利用平時累積的實詞知識,利用拓展聯想,確認字詞在上下文語言環境中的意思。

2. 答此類題目時,可以將幾種答題技巧綜合起來運用,在累積的基礎上進行推斷。

導圖錦囊

典型例子 閱讀下面的文言文，回答問題。

湖心亭看雪

張岱

崇禎五年十二月，余住西湖。大雪三日，湖中人鳥聲俱絕。是日更定矣，余挐一小舟，擁毳衣爐火，獨往湖心亭看雪。霧凇沆碭，天與雲與山與水，上下一白，湖上影子，唯長堤一痕、湖心亭一點、與余舟一芥、舟中人兩三粒而已。

到亭上，有兩人鋪氈對坐，一童子燒酒，爐正沸。見余大喜曰：「湖中焉得更有此人！」拉余同飲。余強飲三大白而別。問其姓氏，是金陵人客此。及下船，舟子喃喃曰：「莫說相公痴，更有痴似相公者。」

解釋下列句子中加點的詞語
①大雪三日（　）
②余強飲三大白而別（　）

答案

①下雪②勉強，盡力

解析

①「雪」在此處是名詞用作動詞，下雪。②在古漢語中，「強」讀「ㄑ一ㄤˇ」時，常當「竭力，勉力」、「勉強，強迫」的用法，這裡可採用語境推斷法，根據語境，可譯為「勉強，盡力」。

[錦囊 2] 理解常見文言虛詞的意義和用法

考試方向

文言虛詞的重點主要包括三方面內容：

1. 虛詞在語境中的意義和用法。
2. 虛詞在朗讀中的作用。
3. 文言句子的翻譯。

解題技巧

理解常見文言虛詞的意義和用法，可以從以下幾個方面入手：

1. 識記常見文言虛詞的基本意義和用法。
2. 結合語句翻譯，確定該文言虛詞在句中的意義和用法。
3. 根據文言虛詞在語句中的作用，巧妙地用現代漢語詞語來替代。
4. 先朗讀，體會語氣，再進行判斷。

答題思路

1. 要理解並把握語句中虛詞的特點，並把每個虛詞的意義和用法結合起來，根據例句逐個落實。
2. 要把虛詞放在句子中了解意義和作用，注意它在句中的位置（句首、句中、句尾）與前後內容的關係、搭配習慣和使用規律。
3. 透過分析語句結構情況，比較虛詞詞性是否有變化，從而判斷其意義和用法。

導圖錦囊

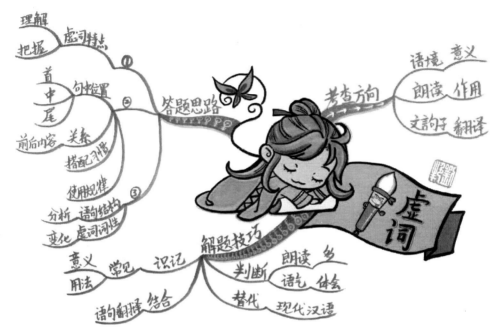

典型例子　閱讀下面的文言文，回答問題。

　　張騫，漢中人也，建元中為郎[1]。時匈奴降者言匈奴破月氏王，以其頭為飲器，月氏遁而怨匈奴，無與共擊之。漢方欲事滅胡，聞此言，欲通使，道必更匈奴中，乃募能使者。騫以郎應募，使月氏，與堂邑氏奴甘父[2]俱出隴西。徑匈奴，匈奴得之，傳詣單于。單于曰：「月氏在吾北，漢何以得往使？吾欲使越，漢肯聽我乎？」留騫十餘歲，予妻，有子，然騫持漢節不失。……騫為人強力，寬大信人，蠻夷愛之。單于死，國內亂，騫與胡妻及甘父俱亡歸漢。騫行時百餘人，去十三歲，唯二人得還。騫以校尉從大將軍擊匈奴，知水草處，軍得以不乏……於是西北國始通於漢矣。

---

[1]　郎：郎官，一種官職。
[2]　甘父：張騫的隨從，匈奴人。

下面各組句子中，加點詞的意義和用法全都相同的一組是（　）

A· 以其頭為飲器　故臨崩寄臣以大事也

B· 月氏遁而怨匈奴　鳴之而不能通其意

C· 無與共擊之　何陋之有

D· 西北國始通於漢矣　如使人之所欲莫甚於生

答案 A

解析 A 項中的「以」都是介詞，可譯為「把」。B 項中的「而」：表順承關係，可不譯；表轉折關係，但是，卻。C 項中的「之」：代詞，代指匈奴；賓語前置的標誌，不譯。D 項中的「於」：介詞，表動作涉及的對象，可譯為「從」；介詞，可譯為「比」。故選 A。

［錦囊 3］理解並翻譯句子

考試方向

1. 把下列句子譯成現代漢語。

2. 選擇題，判斷句子翻譯正誤。

解題技巧

技巧一：從宏觀上整體理解、把握句式特點。翻譯時切忌斷章取義，應當做到「詞不離句，句不離段」，並對文言固定句式和特殊句式、固定短語、修辭和語法準確把握。

技巧二：從微觀上把握句中每個實詞、虛詞的用法和意義。以理解實詞和虛詞為基礎，對常用文言實詞、虛詞，尤其是詞類活用、一詞多義、古今異義、通假字等特殊實詞，都要準確把握。

技巧三：直譯為主，意譯為輔，做到「信」、「達」、「雅」。文言句子翻譯要準確表達原文意思，不增譯，不漏譯，不錯譯；要求譯文明白曉暢，無語病；進而要求譯文用詞造句考究，有一定的文采。

答題思路

先根據要求翻譯的句子及上下文，弄懂句子的大致意思；然後根據句子的實際情況，參照不同的翻譯方法，將句子中的詞語分別落實。

導圖錦囊

典型例子 閱讀〈周亞夫軍細柳〉，用現代漢語翻譯下列語句。

①以河內守亞夫為將軍，軍細柳。

②已而之細柳軍，軍士吏被甲。

答案

①任命河內郡的郡守周亞夫為將軍，駐軍在細柳。

②不久來到了細柳軍營，軍中官兵都穿戴盔甲。

解析

翻譯句子要直譯和意譯相結合，注意關鍵詞的解釋。①句中「以」解釋為「任命」；第二個「軍」是名詞用作動詞，「駐軍」。②句中「已而」解釋為「不久」；「之」是動詞，解釋為「到、往」；「被」是通假字，同「披」，解釋為「穿著」。落實這些重點詞語的意思，翻譯通順即可。

［錦囊 4］理解基本內容並歸納內容要點

考試方向

歸納內容要點，概括中心思想。

分析概括作者在文中的觀點態度。

在理解文意的基礎上，能對所寫人物、所述事件或所論道理進行分析與判斷。

解題技巧

理解基本內容並歸納內容要點，無論提取文章基本內容還是揣摩作者的思想感情，都應在理解文意、整體把握和綜合梳理的基礎上進行分析。

訊息提取法。先疏通文意，再歸納訊息，包括人、事、景、情、理。

題面驗證法。利用試題題面，整體把握文意。

答題思路

引用原文句子回答。

摘錄原文的關鍵詞語回答。

用自己的話組織文字回答。

導圖錦囊

典型例子 閱讀下文，回答問題。

馬援少時，以家用不足辭其兄況，欲就邊郡田牧。況曰：「汝大才，當晚成。良工不示人以樸，且從所好。」遂之北地田牧。常謂賓客曰：「丈夫為志，窮當益堅，老當益壯。」後有畜數千頭，谷數萬斛，既而嘆曰：「凡殖財產，貴其能賑施也，否則守錢虜耳！」乃盡散於親舊。聞隗囂好士，往從之。囂甚敬重，與決籌策。（選自《資治通鑑》）

結合選文，說說隗囂為什麼敬重馬援。

答案

①馬援志向堅定（或常常對賓客說「窮當益堅」等）；②賑施錢財（或分送財產給親友故舊）。

解析

解答時務必注意，在通讀全文的基礎上，善於從細微處著眼，篩選重要訊息，歸納概括要點。結合馬援的語言及他做的事情分析馬援的性格。馬援經常對賓客們說：「丈夫為志，窮當益堅，老當益壯」，由此可以看出馬援是一個志向堅定的人。馬援把全部家產分送給親友故舊，說明他是一個賑施錢財的人，因此他受到隗囂的敬重。

［錦囊 5］理解文章所蘊含的觀點和思想感情

考試方向

直接考查：如文中表達了作者怎樣的感情（或作者的觀點、態度是什麼）。

間接考查：如分析文章結構，把握文章思路（或歸納文章中心思想等）。

主要考查內容是正確歸納表述作者的情感、態度、觀點，或者是能對展現人物觀點、情感、態度的相關文字分析理解。

解題技巧

整體閱讀感知，把握情感基調。文言文寫景、敘事、抒情都有一個情感基調，閱讀時要注意在疏通文字的基礎上，看看文章寫了什麼人、事、景，再深入思考一下，作者為什麼要寫這些人、事、景。

　　了解作者經歷，把握情感差異。我們閱讀文言文一定要充分了解作者寫作時的生活經歷，這樣才能準確地把握作者在其作品中所表達的思想情感。

　　研讀重點語句，把握情感焦點。文言文的思想情感往往濃縮在文言文中的一些重點語句中，著意研讀這些重點語句，抓住「文眼」，就能快捷地進入作者的情感世界，準確地把握作者的情感焦點。

答題思路

　　對文言文中的關鍵語句進行分析，感知文章內容，把握文章表現出來的觀點、態度、思想情感等，應結合語境以及上下文去理解疑難詞句的意思；利用古漢語知識（一詞多義、古今異義、通假現象、詞類活用等）去具體分析文中特殊的語言現象。

　　整體把握文章的類別特徵；領會、感悟文章內容所蘊含的東西，理清楚作者的寫作思路，賞析作者的寫作技法和語言藝術；與同類別的文章進行比較閱讀，找出其異同點。

導圖錦囊

典型例子 閱讀下面的文言語段，完成下面的小題。

凡草木之生石上者，必須微土以附其根。如石韋、石斛之類，雖不待土，然去其本處，輒槁死。唯石菖蒲並石取之，濯去泥土，漬以清水，置盆中，可數十年不枯。雖不甚茂，而節葉堅瘦，根鬚連絡，蒼然於几案間，久而益可喜也。其輕身延年之功，既非昌陽[3]之所能及。至於忍寒苦，安淡泊，與清泉白石為伍，不待泥土而生者，亦豈昌陽之所能彷彿哉？余遊慈湖山中，得數本，以石盆養之，置舟中。間以文石、石英，璀璨芬鬱，意甚愛焉。顧恐陸行不能致也，乃以遺九江道士胡洞微，使善視之。余復過此，將問其安否。（節選自蘇軾〈石菖蒲贊〉一文）

請簡要概括石菖蒲的特點，並揣摩作者對石菖蒲的情感。

---

[3] 昌陽，《名醫別錄》認為昌陽和菖蒲是兩種不同的植物。

答案

特點：輕身延年，忍寒苦，淡泊，不待泥土而生。

情感：表現了作者對石菖蒲的喜愛讚賞之情。

參考譯文

　　凡是生長在石頭上的草木，必須有少量的土附著在它的根部。比如石韋、石斛這一類，（根上）雖然沒有土，但只要離開它本來的地方，就會立刻枯死。只有石菖蒲，將它和石頭一起拔出來，洗去泥土，用清水泡著，放在盆中，可以幾十年不枯萎。雖然不是很茂盛，但是它的枝節和葉子堅硬細小，根鬚都聯結在一起，在桌子上長得鬱鬱蔥蔥，時間一長就更加喜人了。它的瘦身延年的功效，已經不是昌陽能比得上的了。至於它能忍受寒苦，安於淡泊，與清澈的泉水、白色的石頭在一起，不需要泥土就能生存，又豈是昌陽能與之相比的呢？我在慈湖山中遊玩的時候，找到了幾棵（石菖蒲），用石盆養起來，放在船上。用文石、石英夾雜在中間，光彩鮮明，香氣濃郁，我心裡很是喜愛它啊。回頭又害怕陸上之行不能養好它們，就把它們送給九江道士胡洞微，讓他好好照顧。我再到這裡的時候，將要問問它們是否安好。

第二章
國中生必學文言文 35 篇

七年級

上冊

《論語》十二章

〔朝代〕戰國

文題解讀

　　《論語》十二章，是從《論語》中節選的有關學習態度、學習方法、個人修養的十二條語錄，是孔子及其弟子的言論。

經典原文	參考譯文
子曰：「學而時習之，不亦說乎？有朋自遠方來，不亦樂乎？人不知而不慍，不亦君子乎？」（〈學而〉） 曾子曰：「吾日三省吾身：為人謀而不忠乎？與朋友交而不信乎？傳不習乎？」（〈學而〉） 子曰：「吾十有五而志於學，三十而立，四十而不惑，五十而知天命，六十而耳順，七十而從心所欲，不踰矩。」（〈為政〉）	孔子說：「學習了，然後按時溫習，不也很愉快嗎？有志同道合的人從遠方來，不也很快樂嗎？人家不了解我，並不因此惱怒，不也是君子嗎？」 曾子說：「我每天多次地反省自己：替別人辦事是不是盡心盡力呢？跟朋友交往是不是真誠呢？老師傳授的知識是否複習過了呢？」 孔子說：「我十五歲時，有志於做學問；三十歲時有所成就，說話辦事都有把握；四十歲，心裡不再感到迷惑；五十歲知道天命是什麼；六十歲能吸取各種見解而加以容納；七十歲我就可以隨心所欲，但也不會越出規矩。」

子曰：「溫故而知新，可以為師矣。」（〈為政〉）	孔子說：「在溫習舊知識時，能有新體會、新發現，就可以做老師了。」
子曰：「學而不思則罔，思而不學則殆。」（〈為政〉）	孔子說：「只是讀書卻不認真思考，就會迷惑；只空想卻不讀書，就會疑惑。」
子曰：「賢哉，回也！一簞食，一瓢飲，在陋巷，人不堪其憂，回也不改其樂。賢哉，回也！」（〈雍也〉）	孔子說：「顏回的品質多麼高尚啊！一竹筐飯，一瓢水，住在簡陋的巷子裡，別人都不能忍受那種困苦，顏回卻不改變他自由的快樂。多麼高尚啊，顏回！」
子曰：「知之者不如好之者，好之者不如樂之者。」（〈雍也〉）	孔子說：「懂得某種學問的人不如喜愛它的人，喜愛它的人不如把研究這種學問作為快樂的人。」
子曰：「飯疏食，飲水，曲肱而枕之，樂亦在其中矣。不義而富且貴，於我如浮雲。」（〈述而〉）	孔子說：「吃粗糧，喝冷水，彎著手臂當枕頭，樂趣也就在其中了。用不正當的手段得來的富貴，對於我來講就像是天上的浮雲一樣。」
子曰：「三人行，必有我師焉。擇其善者而從之，其不善者而改之。」（〈述而〉）	孔子說：「幾個人一起走路，其中必定有可以做我老師的人。選取他們的優點進行學習，如果也有他們的缺點就加以改正。」
子在川上曰：「逝者如斯夫，不捨晝夜。」（〈子罕〉）	孔子在河邊感嘆道：「時光像流水一樣消逝，日夜不停。」
子曰：「三軍可奪帥也，匹夫不可奪志也。」（〈子罕〉）	孔子說：「一國軍隊，可以改變其主帥；一個人的志向卻是不能改變的。」
子夏曰：「博學而篤志，切問而近思，仁在其中矣。」（〈子張〉）	子夏說：「廣泛學習且能堅定自己的志向，懇切地發問，思考當前的事，仁就在其中了。」

心智圖

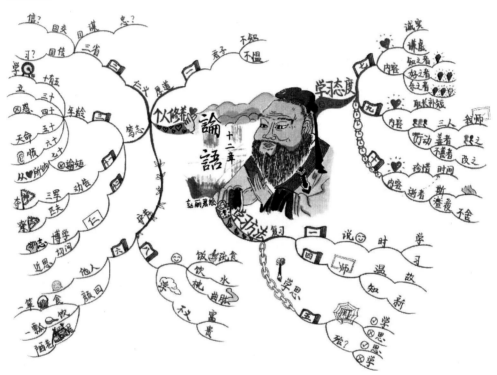

繪者：趙麗君

導圖解析

　　《論語》是儒家經典之一，乃孔子的弟子編撰的有關孔子言行的紀錄，成書於戰國前期。《論語》共二十篇，包含孔子談話、答弟子問和弟子間的談話，涉及政治、經濟、教育、道德和哲學等，是研究孔子思想的主要資料。宋代把它和《大學》、《中庸》、《孟子》合稱為「四書」。

　　這張心智圖整理了中學生需要掌握的十二章。這幅導圖的中心圖以山水為背景，突顯出孔子的偉大形象。

　　正文部分，我主要從三個部分來畫大綱主幹：學習態度、學習方法和個人修養。

　　第一部分：學習態度。學習態度的大綱主幹裡插入了很多笑臉，表示學習態度端正良好。

　　學習態度的分支有三個，分布在第七章、第九章、第十章，閃光的**愛心**是孔子告誡我們的學習態度，內容是孔子說的話。

　　第七章告誡我們要誠實謙虛，「知之者不如好之者，好之者不如樂之者」。不如用**鑽石**的多少來表示程度的差別。

　　第九章告誡我們要取長補短，內容方面分為**態度**和**行動**。態度是面對其他同行人的態度，所以畫了三個人，「三人行必有我師焉」。行動是「擇其善者而從之，其不善者而改之」。

　　第十章告誡我們要珍惜時間，逝者指時間，斯指代河水。「子在川上曰：『逝者如斯夫，不捨晝夜。』」時間像流水一樣流去。

　　第二部分：學習方法。學習方法為**複習**和**學思結合**，學思結合運用了鎖鏈形狀的**創意線條**，代表結合的意思。

　　複習方法分布在第一章和第四章，第一章「學而時習之，不亦說乎？」，是愉快的意思，用笑臉表示。第四章「溫故而知新，可以為師矣」。運用**圖文結合**，加深記憶。學思結合方法是在第五章，「學而不思則罔，思而不學則殆」。「罔」畫了一張網，諧音記憶。「殆」可以畫一個標註問號，「疑惑」。

　　第三部分：個人修養。根據內容我們學習做人要**厚道**、**仁義**、**篤志**、**守節**。

　　厚道的人是君子，能做到「人不知而不慍」。

　　仁義之人做到三省：一、為人謀而不忠乎？二、與朋友交而不信乎？三、傳不習乎？提取關鍵字就是：謀、忠、交、信、傳、習。記住了關鍵字，這句話也就記住了。

　　「篤志」就是堅定志向，分布在第三章、第十一章、第十二章。第三章告訴我們孔子自己的個人成長經歷，我們可以學習，引以為鑑。十有五而志於學，志於學以圖畫表示，射中的**靶心**就是目標、志向的意思，「三十而立，四十而不惑，五十而知天命，六十而耳順，七十而從心所欲，不踰矩」。第十一章勸告我們「三軍可奪帥也，匹夫不可奪志也」，在這裡用了圖像語言表示第十二章「仁在其中矣」。關鍵詞「仁」，用框框起來，表示「仁」在其中矣。

　　「守節」這個關鍵詞，畫了**竹節**形狀的創意線條，表現在第六章和第八章，第六章是孔子誇讚顏回安貧樂道的君子形象，「賢哉，回也！一簞食，一瓢飲，在陋巷，人不堪其憂，回也不改其樂。賢哉，回也！」他人的**憂愁**對應顏回的「不改其樂」。簞：古代盛飯用的圓形竹器。「簞」、「瓢」、「陋巷」都運用圖像加深記憶。

　　第八章是孔子的自我表白，「富貴」與「義」發生衝突時，寧願貧賤而堅守義。「飯疏食，飲水，曲肱而枕之，樂亦在其中矣。不義而富且貴，於我如浮雲。」提取訊息：一部分是樂的事，一部分是對待「富貴」與「義」發生衝突時的態度。「樂」用笑臉表示，「飯疏食」、「飲水」、「枕曲肱」，其中插入圖像，加深記憶。「富貴」在不義時都是「浮雲」，當然「浮雲」也是圖文結合。

文脈梳理

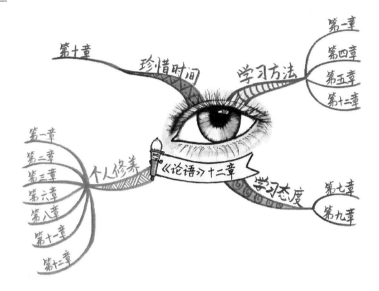

知識清單

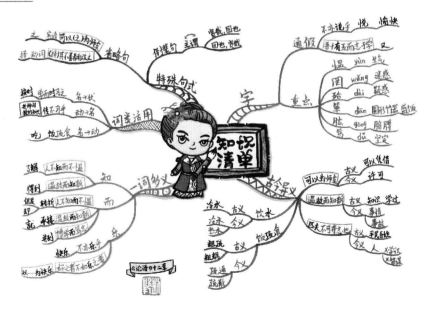

誡子書

〔作者〕諸葛亮　〔朝代〕三國

文題解讀

「誡」，告誡、勸勉。「子」，一般認為是指諸葛亮的兒子諸葛瞻。「書」，書信。「誡子書」，即作者諸葛亮寫給兒子，旨在告誡、勸勉的信。以此為題，點明文章的主要內容，簡潔明瞭。

經典原文	參考譯文
夫君子之行，靜以修身，儉以養德。非淡泊無以明志，非寧靜無以致遠。夫學須靜也，才須學也，非學無以廣才，非志無以成學。淫慢則不能勵精，險躁則不能冶性。年與時馳，意與日去，遂成枯落，多不接世，悲守窮廬，將復何及！	君子的品行，以寧靜心緒來涵養德行，以節儉生活來培養品德。不能夠恬淡寡慾就不能明確自己的志向，不能夠平和安靜就不能實現自己遠大的目標。學習必須靜心專一，增長才幹必須刻苦學習，不刻苦學習就無法增長才幹，沒有堅定不移的志向就無法使學業成功。放縱懈怠就不能振奮精神，輕薄浮躁就不能修養性情。年紀隨時光而急速逝去，意志隨同歲月而喪失，最終像枯枝落葉般凋落、衰殘，大多對社會沒有任何貢獻，只有悲傷地困守在自己的窮家破舍裡，到那時再悲傷嘆息又怎麼來得及！

心智圖

繪者：黃曉嬌

導圖解析

　　這篇短文是**諸葛亮**晚年寫給自己**兒子**的一封信，篇幅不長，偏於議論，層次豐富。這幅導圖在分析原文的基礎上，對層次做了歸納，對中心觀點和分層觀點進行了概括提煉，力求完整呈現原文，並且有助於記憶原文。

　　第一部分的大綱主幹掉煉出了本文的中心論題，「夫君子之行」，意思是：君子要注意修煉提升自己，其核心在於「靜」，沒有繁雜紛擾，**專心致志**。

　　第二、三部分的議論承接此而來，進行分層論述，大綱主幹對此有所表現。正面論述分為兩個方面：君子立志和君子為學。其中君子為學，用一顆**紅心**在書上表示要愛學習的意思。「才、學、靜」之間的關係按照順序排列，

用箭頭表示，箭頭可以表示為原文中的「須」，表條件關係，這樣的排列順序有利於依照原文背誦。∵是因為，∴是所以，用**數學符號**表示因果關係。

第四部分是從反面教育兒子要想有所成就，必須忌浮躁淺薄。「躁」用**爆炸圖形**表示，起突出強調作用。

最後是總結告誡，收束全文，突出「告誡」二字。用**切莫追悔**來總結最後幾句話。「×」號和⚠都是警示、切莫的意思。「悲守窮廬，將復何及」一句，用流淚的表情乘以 n，表示很多倍悲傷，突出「將復何及」的意思。

<u>文脈梳理</u>

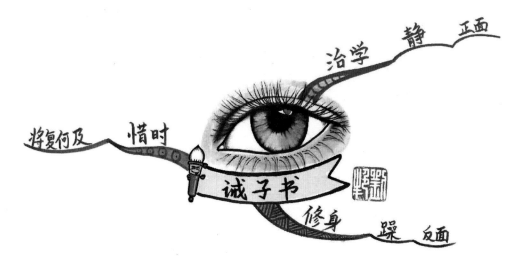

知識清單

《世說新語》二則

〔作者〕劉義慶　〔朝代〕南朝宋

 詠雪

文題解讀

「詠雪」即歌詠白雪，題目概括了文章的內容，揭示了文章的線索。

經典原文	參考譯文
謝太傅寒雪日內集，與兒女講論文義。俄而雪驟，公欣然曰：「白雪紛紛何所似？」兄子胡兒曰：「撒鹽空中差可擬。」兄女曰：「未若柳絮因風起。」公大笑樂。即公大兄無奕女，左將軍王凝之妻也。	謝太傅在一個寒冷的雪天把家裡人聚集在一起，跟子姪們談論文章的義理。一會兒雪下得更緊了，太傅高興地說：「這白雪紛紛揚揚的像什麼？」他哥哥的長子胡兒說：「把鹽撒在空中大體可以相比。」他哥哥的女兒說：「不如比作柳絮乘風滿天飛舞。」謝太傅高興地大笑起來。（謝道韞）就是謝太傅大哥謝無奕的女兒，左將軍王凝之的妻子。

心智圖

繪者：張瀚文

導圖解析

　　本文的中心圖，我畫了一個上面布滿了積雪的小屋，點明時間 —— 冬天，小屋後面我畫了一棵松樹，松樹不畏大雪展現了勃勃生機，也暗示文中主角昂揚向上的精神。

　　全文我從背景、話題、人物1、人物2、結局五個部分來繪製，詳情如下：

　　第一部分交代了詠雪的背景 —— 雪天論詩，分為人物、時間和事件。在雪天聚會談論文章的義理，營造了一種融洽、儒雅、溫馨的家庭氛圍。

　　第二部分概括為話題，引出「詠雪」，交代了天氣、人物和討論的問題。

　　第一、四部分介紹了相關人物和他們各自的回答。一問兩答。人物 1，謝太傅二哥的長子胡兒（謝朗）回答為「撒鹽空中」。人物 2，謝太傅大哥（謝無奕）的女兒，即左將軍王凝之的妻子回答為「柳絮因風起」。把「白雪紛紛」比喻成「撒鹽空中」，表現了大雪下得**猛烈密集**的情景。但喻體與本體只有顏色相同，卻不能把「雪」的飄舞、輕盈的動態形象展示出來。而把「白雪紛紛」比喻為「柳絮因風起」，寫出了雪花飄舞的**輕盈姿態**，富有詩意和美感。

　　第五部分「大笑樂」暗示了謝太傅更欣賞「兄女（謝道韞）」的說法，所以在「公」和「因風起」旁邊畫了個紅色的勾表示他們之間的關聯性。

　　在文章的結尾補充交代了**謝道韞**的身分，於是將其和第四部分的人物 2 進行了合併，使記憶邏輯更加清晰，文尾補敘身分，這是一個有力的暗示，表明作者對謝道韞才華的讚賞。

文脈梳理

知識清單

陳太丘與友期行

文題解讀

「陳太丘與友期行」，即陳太丘與朋友相約同行，概括交代了故事的起因。

經典原文	參考譯文
陳太丘與友期行，期日中。過中不至，太丘捨去，去後乃至。元方時年七歲，門外戲。客問元方：「尊君在不？」答曰：「待君久不至，已去。」友人便怒曰：「非人哉！與人期行，相委而去。」元方曰：「君與家君期日中。日中不至，則是無信；對子罵父，則是無禮。」友人慚，下車引之。元方入門不顧。	陳太丘與朋友相約同行，約定的時間是中午。過了中午，那位朋友沒有到，太丘丟下他而離開，太丘走後，那位朋友才到。（陳太丘的兒子）陳元方那年七歲，正在門外玩耍。客人問元方：「令尊在不在？」元方回答說：「父親等您好久，不見您來，已經走了。」那位朋友便生氣地罵道：「不是人哪！與別人約好一起走，卻丟下我走了。」元方說：「您和我父親約定好在中午一同出行。中午您沒有來，就是不守信用；對著兒子罵他的父親，就是沒有禮貌。」那位朋友感到慚愧，從車裡下來拉他。元方卻走進門去，連頭都不回。

心智圖

繪者：劉英辰

導圖解析

　　這幅心智圖的中心圖是一個 Q 版的陳元方。元方衣衫下襬處的小圖示，遵循心智圖的「諧音原則」，用**外圓內方**的圖案作為整篇心智圖中元方的代表。

　　這幅導圖是從五個部分來繪製的，解析如下：

　　第一個部分是出處。明晰出處有利於把握文章的**思想核心**。

　　第二個部分是背景。這個部分有**人物**、**約定**、**事件**三個分支。人物一支中，赭衣小人是友人，藍衣小人則是陳太丘。約定和事件兩個分支中藍色和赭色雙足代表太丘與友人同行；紅日當頭代表正午時分；裂開的紅心和落葉的軌跡組合在一起，傳達出了太丘「捨去」之時既憤怒又失落的心理感受。

　　第三個部分是經過。這是本文的主幹部分，主要事件是元方與友人的初

遇、問答和激辯，環環相扣、高潮迭起。初遇一支中，褚衣小人的簡化頭像代表友人；元方圖示中的數字「7」代表「時年七歲」。問答一支中，用沙漏表示時間。激辯一支中，友人紅臉怒目的圖像把友人憤怒的情緒表達了出來。

　　第四個部分是結局。兩個分支同樣以人物劃分，褚衣友人在慚愧之情的驅使下，先下車，繼而「引之」；元方的「入門不顧」，則顯示出了這個年齡特有的**本真與直率**。

　　第五個部分是主旨。下設兩個二級分支，「表現」一支闡明元方這一人物形象在為人處世方面的良好品德；「告誡」一支則是告誡世人要守信用、講禮貌。

　　本圖的創作亮點在於功能性，文中運用了大量的小圖示來解釋說明，通觀全圖後可在短時間內背誦全文，經久不忘。

文脈梳理

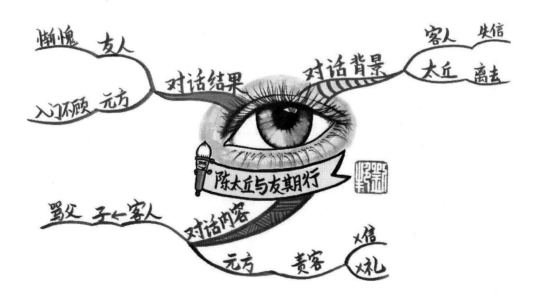

知識清單

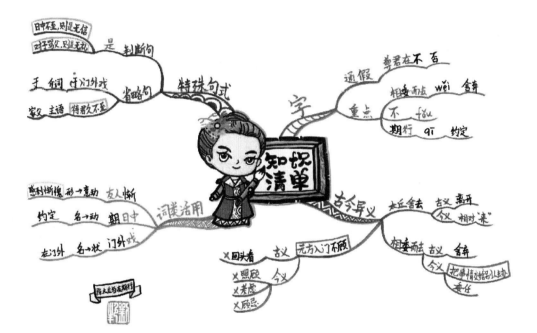

〔作者〕蒲松齡　〔朝代〕清朝

文題解讀

用「狼」作為題目，點名了文章的寫作對象和主要內容。

經典原文	參考譯文
一屠晚歸，擔中肉盡，止有剩骨。途中兩狼，綴行甚遠。屠懼，投以骨。一狼得骨止，一狼仍從。復投之，後狼止而前狼又至。骨已盡矣，而兩狼之並驅如故。屠大窘，恐前後受其敵。顧野有麥場，場主積薪其中，苫蔽成丘。屠乃奔倚其下，弛擔持刀。狼不敢前，眈眈相向。	有個屠夫天晚回家，擔子裡的肉已經賣完了，只剩下一些骨頭。路上遇到兩隻狼，緊跟著他走了很遠。屠夫害怕了，拿起一塊骨頭扔過去。一隻狼得到骨頭停下了，另一隻狼仍然跟著屠夫。屠夫又拿起一塊骨頭扔過去，後得到骨頭的那隻狼停下了，可是先得到骨頭的那隻狼又跟上來。骨頭已經扔完了，兩隻狼像原來一樣一起追趕。屠夫很窘迫，恐怕前後一起受到狼的攻擊。他看見野地裡有一個打麥場，場主人把柴草堆在打麥場裡，覆蓋成小山似的。屠戶於是奔過去倚靠在柴草堆下面，放下擔子，拿起屠刀。兩隻狼都不敢向前，瞪著屠夫。

少時，一狼徑去，其一犬坐於前。久之，目似瞑，意暇甚。屠暴起，以刀劈狼首，又數刀斃之。方欲行，轉視積薪後，一狼洞其中，意將隧入以攻其後也。身已半入，止露尻尾。屠自後斷其股，亦斃之。乃悟前狼假寐，蓋以誘敵。	過了一會兒，一隻狼直接走開，另一隻狼像狗似的蹲坐在前面。時間長了，那隻狼的眼睛似乎閉上了，神情悠閒得很。屠夫突然跳起來，用刀劈狼的腦袋，又連砍幾刀把狼殺死。屠夫正要上路，轉到柴草堆後面一看，只見另一隻狼正在柴草堆裡打洞，想要鑽過去從背後對屠戶進行攻擊。狼的身子已經鑽進一半，只有屁股和尾巴露在外面。屠夫從後面砍斷了狼的後腿，也把狼殺死。這才明白前面的那隻狼假裝睡覺，原來是用來誘惑敵方的。
狼亦黠矣，而頃刻兩斃，禽獸之變詐幾何哉？止增笑耳。	狼也太狡猾了，可是一會兒兩隻狼都被殺死，禽獸的欺騙手段能有多少呢？只是增加笑料罷了。

心智圖

繪者：宋沛霖

導圖解析

這幅圖是從記憶的角度，梳理出重要的記憶點及邏輯關係，可以更加快速地幫助記憶全文。全文共分五段，因此我將整幅心智圖分為了五個部分，也是五個大綱主幹。

本文的標題是〈狼〉，因此我的中心圖就直接畫了條狼，點明本文的主題，狼這樣大哭，意思是狼是會被殺死的，暗示了本文的結局。

第一部分：遇。本段交代故事的開端，提煉關鍵詞「遇」，想到遇，自然聯想到一屠遇兩狼，即全文的角色，並引發畫面感，幫助展開深入聯想。屠夫遇到了什麼事情呢？在晚上發生的事情，以圖形月亮表示發生的時間，圖示化更容易記憶。屠夫挑著擔，擔中無肉有骨頭。同樣的思路再看兩狼，這裡兩狼分別用橙色和藍色繪製，兩狼在後面出現的時候有不同的行動，用兩種顏色更容易區別兩狼。兩狼怎麼樣呢？「綴行」，圖中兩狼並排繪製，幫助記憶「綴行」的意思，連線、緊跟。

第二部分：懼。這部分是故事的發展。寫了**屠夫懼狼**步步退讓和狼的**貪婪凶惡**。第二段第一句就是「屠懼」，懼怕後，屠夫做了什麼讓步的事情呢？「投以骨」，分別投了兩次，最後骨沒有了。三個二級分支分別描述了第一次、第二次投骨和骨盡。再繼續聯想，第一次投骨後發生了什麼？一狼得骨止，一狼仍從，兩個分支分別繪製了兩隻不同行動的狼。第二次投骨後發生了什麼？後狼止，而前狼又至。最後骨頭沒有了，兩狼做了什麼呢？並驅如故。

第三部分：禦。第三部分是故事的進一步發展。屠夫開始由被動轉為主動，雙方形成**相持局面**。既然是防禦，先在二級分支提煉出文中角色：屠夫和狼。屠夫和狼分別是什麼狀態？自然聯想出文中內容。在屠夫的後面提煉出四個動詞：「**窘**」、「**顧**」、「**積**」、「**奔**」。「屠大窘，恐前後受其敵」，前後

分別用紅色和綠色箭頭表示。「麥場」、「苫蔽」、「倚」，用箭頭指示三者是相互關聯的。再說狼，狼做了什麼？「狼不敢前，眈眈相向。」

第四部分：主題，殺。第四部分是故事的高潮和結局，表現屠夫的**勇敢機警**與狼的**陰險狡詐**。這部分是全文中文字最多的，為了方便記憶，依然是提煉兩個主要人物：狼和屠夫，按照他們的出場順序，分為五個部分，也就是五個二級分支。

第一分支，一狼的三個動作。第一個動作，犬坐於前，這裡「前」的紅色箭頭和第三部分「禦」中的「前」，圖示是相同的，相同含義的內容可用相同的圖示重複記憶；第二個動作，「目似瞑」；第三個動作：「意暇甚」，圖示是義大利麵，諧音「意」，用**諧音法**進行圖形轉換幫助記憶。第二分支，屠夫的動作，「屠暴起，以刀劈狼首」，直接用一個圖示來表示，「又數刀斃之」。第三個分支，屠夫的兩個動作，「欲行，轉視積薪後」，見到另一狼，這裡用藍色表示另一隻狼。藍狼的三個狀態：「洞其中」、「意將隧入」、「以攻其後」。第四個分支，狼的兩個狀態：「身半入，止露尻尾」。第五個分支，屠夫做了兩件事：一是斷，「自後斷其股，亦斃之」，這裡股的意思是大腿，畫了一隻狼腿幫助記憶。二是悟，「前狼假寐，蓋以誘敵」。

第五部分：議。第五部分由議論揭示主旨，直抒胸臆，點明主題。結論是，「止增笑耳」，意思是只是**增加笑料**罷了。為什麼是這樣呢？「狼亦黠矣，而頃刻兩斃。禽獸之變詐幾何哉？」這兩句是作者對所寫故事的看法，既是對狼的下場的嘲諷，也是對屠夫勇敢、機智的讚揚。畫龍點睛，揭示了文章的主題。

文脈梳理

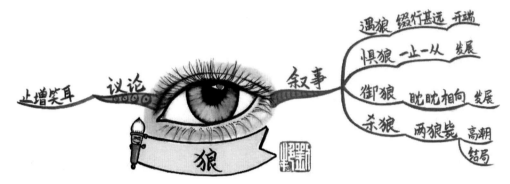

知識清單

七年級
下冊

賣油翁

〔作者〕歐陽修　〔朝代〕北宋

文題解讀

「賣油翁」指賣油的老漢。本文主要透過寫賣油翁的技藝，突出熟能生巧的道理。題目點明文中的主要人物。

經典原文	參考譯文
陳康肅公堯諮善射，當世無雙，公亦以此自矜。嘗射於家圃，有賣油翁釋擔而立，睨之，久而不去。見其發矢十中八九，但微頷之。	康肅公陳堯諮擅長射箭，當世沒有第二個人可與之媲美，他也因此而自誇。曾經有一次，陳堯諮在自家園子射箭，有個賣油老翁放下擔子站著，斜著眼睛看他射箭，很久不離開。老翁見陳堯諮射出十支箭能射中八九支，只是對此微微點點頭。

康肅問曰：「汝亦知射乎？吾射不亦精乎？」翁曰：「無他，但手熟爾。」康肅忿然曰：「爾安敢輕吾射！」翁曰：「以我酌油知之。」乃取一葫蘆置於地，以錢覆其口，徐以杓酌油瀝之，自錢孔入，而錢不溼。因曰：「我亦無他，唯手熟爾。」康肅笑而遣之。	陳堯諮問道：「你也懂得射箭嗎？我的射箭技藝難道不精湛嗎？」老翁說：「沒有別的奧妙，只是手法技藝熟練罷了。」陳堯諮氣憤地說：「你怎麼敢輕視我射箭的本領！」老翁說：「憑我倒油的經驗知道射箭是憑手熟的道理。」於是老翁拿出一個葫蘆放在地上，將一枚銅錢蓋在葫蘆口，（然後）慢慢地用勺舀起油滴入葫蘆，油從銅錢的方孔注入，而銅錢沒有被沾溼。於是老翁說：「我也沒有別的奧妙，只是手法技藝熟練罷了。」陳堯諮笑著讓他走了。

心智圖

繪者：林曼倬

導圖解析

　　這幅心智圖是一幅背誦記憶型心智圖。為了直觀表達主題，我在中心圖畫了**賣油翁酌油以瀝錢孔**的圖像，旁邊還畫了一個點讚的手勢。

　　要想畫出邏輯清晰的導圖，就需要閱讀全文，進行分層，並用關鍵詞概括每層的意思。經過分析概括，我將全文大致劃分為**四個部分**：第一部分為「開端」，康肅公射於家圃；第二部分為「發展」，以油翁觀射表現的態度引起兩人對射技的議論；第三為「高潮」，透過油翁錢口瀝油技藝，證明其前言；第四部分是文章結局，康肅公前後態度由怒轉服，同時點明文章主旨：**勤學苦練，熟能生巧；不可自傲，精益求精**，這裡用大飄帶形式清晰點明文章主旨。

　　為了深入理解和記憶，我在重點、易忘、抽象、難理解的關鍵詞上新增了**關鍵圖**。大綱主幹上的關鍵詞全部新增了具象圖，有趣好記。如：「開端」指大線球引出線頭埠，「發展」諧音「髮簪」，「高潮」意指高高的浪潮，「結局」橘子註上英文 END。內容分支上的重點關鍵詞和部分重複關鍵詞也轉化為圖像：如「射」「論射」「釋擔」。

文脈梳理

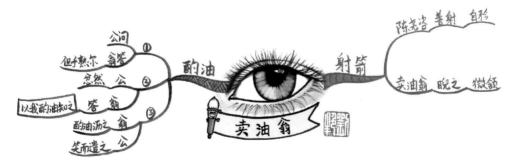

知識清單

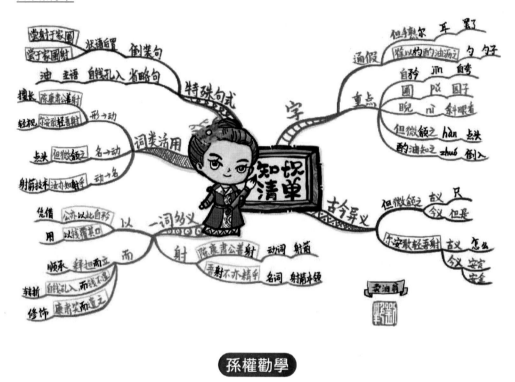

孫權勸學

《資治通鑑》 〔朝代〕北宋

文題解讀

　　孫權，字仲謀，吳郡富春人，三國時吳國的建立者。勸學，勉勵、鼓勵學習。題目交代了文章記敘的主要內容。

經典原文	參考譯文
初，權謂呂蒙曰：「卿今當塗掌事，不可不學！」蒙辭以軍中多務。權曰：「孤豈欲卿治經為博士邪！但當涉獵，見往事耳。卿言多務，孰若孤？孤常讀書，自以為大有所益。」蒙乃始就學。及魯肅過尋陽，與蒙論議，大驚曰：「卿今者才略，非復吳下阿蒙！」蒙曰：「士別三日，即更刮目相待，大兄何見事之晚乎！」肅遂拜蒙母，結友而別。	當初，孫權對呂蒙說：「你現在當權掌管政事，不可以不學習！」呂蒙用軍中事務繁多加以推託。孫權說：「我難道是想要你研究儒家經典，而成為學識淵博的學官嗎？只是應當粗略地閱讀，了解歷史罷了。你說軍中事務繁多，誰比得上我處理的事務多呢？我常常讀書，自己感到有很大的收益。」呂蒙於是開始學習。到魯肅經過尋陽的時候，魯肅和呂蒙討論事情，魯肅聽到呂蒙的見解後，非常驚奇地說：「以你現在的才幹和謀略，已不再是當年的那個吳下阿蒙了！」呂蒙說：「與讀書人分別三天，就要用新的眼光看待他，長兄怎麼這麼晚認清這件事啊！」魯肅於是拜見呂蒙的母親，與呂蒙結為朋友就告別了。

心智圖

繪者：徐蒙偉

導圖解析

　　這篇文言文的主角是**孫權**和**呂蒙**，所以我在中心圖部分畫了兩位的圖像，萌萌的畫風使整幅導圖充滿了趣味。

　　我從文章的內容出發，對每個部分的內容用一個動詞加以總結，呈現了孫權勸學這一事件的起因、經過、結果。

　　孫權第一次勸學的起因是「卿當塗掌事，不可不學。蒙辭以軍中多務」。孫權再勸，因此在勸字上方寫了**平方的符號**，寓意一勸再勸。在之後的分支用**三個符號**，清楚地呈現孫權勸學的三個層次，從反面和正面敘說了自己勸學的目的，最後針對呂蒙的推辭，將呂蒙的情況與自己進行比較，讓呂蒙不得不學。

　　文章將呂蒙向學的結果在呂蒙與魯肅的議論過程中展現。「**吳下阿蒙**」、「**刮目相看**」是出自本文的成語，所以將其用文字框加以重點提示。

　　最後魯肅與呂蒙告別，這一過程能展現出魯肅對於呂蒙的**尊重**，所以用了「**尊**」這一個字。

文脈梳理

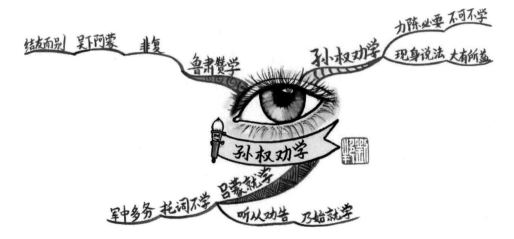

知識清單

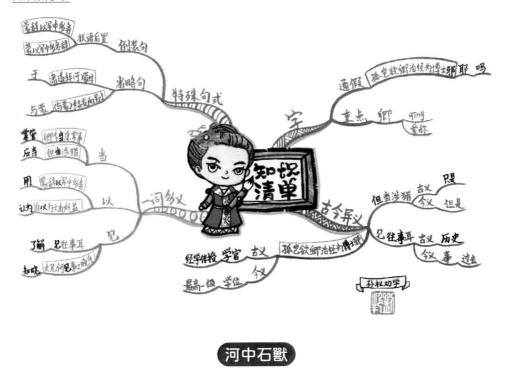

河中石獸

〔作者〕紀昀　〔朝代〕清

文題解讀

　　「河中」是地點，「石獸」是對象，「河中石獸」的意思是沉入河中的石獸。題目是文章敘事的線索，本文就是圍繞石獸落入河中以後，人們相繼打撈石獸的情景展開描述。

經典原文	參考譯文
滄州南一寺臨河干，山門圮於河，二石獸並沉焉。閱十餘歲，僧募金重修，求二石獸於水中，竟不可得，以為順流下矣。棹數小舟，曳鐵鈀，尋十餘里無跡。 一講學家設帳寺中，聞之笑曰：「爾輩不能究物理。是非木柿，豈能為暴漲攜之去？乃石性堅重，沙性鬆浮，湮於沙上，漸沉漸深耳。沿河求之，不亦顛乎？」眾服為確論。 一老河兵聞之，又笑曰：「凡河中失石，當求之於上流。蓋石性堅重，沙性鬆浮，水不能沖石，其反激之力，必於石下迎水處齧沙為坎穴。漸激漸深，至石之半，石必倒擲坎穴中。如是再齧，石又再轉。轉轉不已，遂反溯流逆上矣。求之下流，固顛；求之地中，不更顛乎？」如其言，果得於數里外。然則天下之事，但知其一，不知其二者多矣，可據理臆斷歟？	滄州南部的一座寺廟靠近河岸，寺院的外門倒塌在河中，門前兩隻石獸一起沉入了河中。過了十多年，僧人募集錢款重修寺廟，並在河中尋找兩個石獸，最後沒能找到。寺僧認為它們順流而下了，於是划著幾隻小船，拖著鐵鈀，向下游找了十多里，沒找到它們的蹤跡。 一位講學家在寺廟裡設館教書，聽了這件事笑著說：「你們這些人不能探求事物的道理。這石獸不是木片，怎麼能被大水帶走呢？石頭的特點是又硬又重，河沙的特點是又鬆又輕，石獸埋在沙裡，越沉越深罷了。順流而下尋找它們，難道不荒唐嗎？」大家很信服，認為這是正確的言論。 一位老河兵聽了這話，也笑著說：「凡是沉在河中的石頭，應當從上游尋找它們。因為石頭的特點是又硬又重，河沙的特點是又鬆又輕，水不能沖走石頭，但水流的反沖力，一定會將石頭底下迎著水流的地方沖刷成坑穴，石下的沙坑越沖越深，延伸到石頭底面一半時，石頭一定會栽倒在坑穴裡。照這樣再次沖刷，石頭又會再次向前翻轉。不停地翻轉，於是石頭反而逆流而上了。到下游尋找石頭，固然荒唐；在原地尋找它們，不是更荒唐嗎？」 人們依照他的說法去做，果然在上游幾里外找到了石獸。那麼天下的事，只了解其一，不了解其二的情況太多了，怎麼能只根據某一個道理就主觀地判斷呢？

心智圖

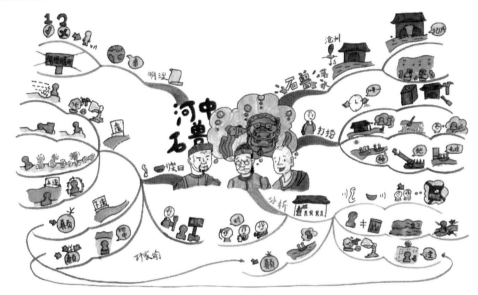

繪者：許家瑜

導圖解析

　　這幅圖以文中的三位主要人物寺僧、講學家和老河兵對落入水中的石獸位置的看法為中心圖。每個人的想法不同，但都是有關石獸的，因而只畫了一隻沉入水中的石獸，新增了魚兒和水草，讓畫面顯得活潑可愛，增添了趣味性。

　　第一部分「石獸落水」。「石獸」二字圖像化，用濺起的水花來強化記憶。用「滄州」、定位圖示加上箭頭及河邊一座寺廟，表示「滄州南一寺臨河干」。廟門掉到水裡表示「山門圮於河」，這幅圖直觀地表達了「圮」的意思是「毀壞」。兩隻石獸沉於水底，直觀表達了「二石獸並沉焉」。

　　第二部分「寺僧打撈」。「閱十餘歲」用一個飛翔的時鐘加上對話方塊「十年」表示。用募捐箱表示「募金」，用「寺廟」、「修繕工具」表示重修。僧人在廟外的河水裡打撈石獸，用虛線繪製石獸表示「不可得」，一個和尚想石獸順著水流漂走表示「以為順流下矣」。太陽照著河流中的兩艘船表示

「棹數小舟」，一隻手拖著一個**鐵耙**表示「曳鐵鈀」。最後小船在 10 里的界碑處停下，表示「尋十里無跡」。用對話方塊加「無跡」強調此次打撈的結果。

第三部分「講學家分析」。此處正好連線中心圖中的**講學家**，直接寫了「分析」二字。「一講學家設帳寺中」，用寺廟中一個人給很多人講課來直觀表達。「聞之笑曰」畫一隻耳朵，一張嘴表達。「爾輩不能究物理」，此「物理」非彼「物理」，此處是「事物的道理、規律」，現在的「物理」是一門學科。因此在《**物理**》書上打叉來表達，避免記憶錯誤。「是非木柿」的意思是這不是木片，用「石獸」不**等於**「木片」的圖，就能避免記憶和理解錯誤。「豈能為暴漲攜之去」一目了然，不做解釋。「石性堅重」，把一塊石頭放在秤上，顯示數字為一噸，表示「重」；用**錘子敲擊**沒反應表示「堅」。用瓶子倒出的沙子像水流出一樣表示「沙性鬆浮」。「湮於沙上」用一隻虛線畫的石獸表示「湮」，即「埋沒」，埋在沙下的石獸加**向下的箭頭**表示「漸深漸沉」。「沿河求之」，用之前的圖表示，**大頭娃娃頭朝下**，**身子朝上**，表示「顛」的意思是「顛倒、錯亂」。用僧人點讚、記錄、點頭表示「眾服為確論」，即大家很信服，認為是正確的言論。

第四部分「老河兵笑曰」。認為應當求之於「上流」，水流的箭頭指向石獸折到坑洞，可以直觀表達「水不能沖石，反擊之力，必於石下迎水處齧沙為坎穴」。「漸激漸深，至石之半，石必倒擲坎穴中」這一過程，也可以用極簡單的圖表達出來。一組虛線的石獸的翻轉過程把「如是再齧，石又再轉」表現得淋漓盡致。用環形的箭頭圍繞**石獸旋轉**，表達「轉轉不已」直至到了「上游」。「求之下流，固顛」，對於「顛」的圖和「求之地中，不更顛乎」的區別是多了幾個箭頭，對「顛」起強調作用，講學家也不能「究物理」，忽視了水流的**運動規律**。這裡用箭頭連線，使得關係表達更加明白清楚。僧人在上游找到石獸的圖，也就表明了「果得於數里外」。

　　第五部分「明理」，由此得出道理。用地球表示「天下」，在標 1 的圓圈下面打勾，在標 2 的圓圈下面打叉表示「知其一，不知其二」。在寫有「據理臆斷」的指示牌上打叉，說明不能據理臆斷，實踐才是檢驗真理的標準。

文脈梳理

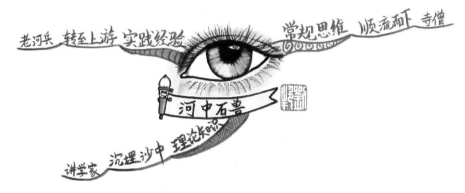

知識清單

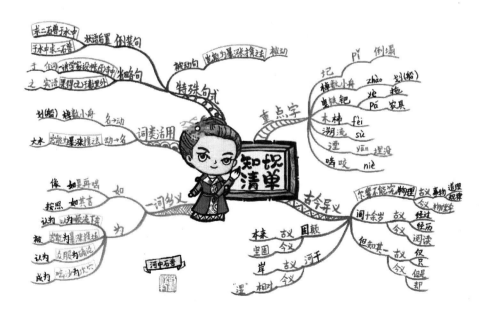

愛蓮說

〔作者〕周敦頤 〔朝代〕北宋

文題解讀

「說」是古代的一種議論文體,「愛蓮說」就是論說喜歡蓮花的道理,點名了寫作的內容。

經典原文	參考譯文
水陸草木之花,可愛者甚蕃。晉陶淵明獨愛菊。自李唐來,世人甚愛牡丹。予獨愛蓮之出淤泥而不染,濯清漣而不妖,中通外直,不蔓不枝,香遠益清,亭亭淨植,可遠觀而不可褻玩焉。 予謂菊,花之隱逸者也;牡丹,花之富貴者也;蓮,花之君子者也。噫!菊之愛,陶後鮮有聞。蓮之愛,同予者何人?牡丹之愛,宜乎眾矣。	水上、地上各種草木的花,可愛的很多。晉朝的陶淵明唯獨喜歡菊花。自唐朝以來,世人大多喜歡牡丹。我則唯獨喜愛蓮 —— 蓮從淤泥裡生長出來,卻不受泥地沾染;它經過清水洗滌,卻不顯得妖豔;它的莖內部貫通,外部筆直,不橫生藤蔓,不旁生枝莖;香氣傳得越遠,就越清芬;它筆直潔淨地立在水中,只可以從遠處觀賞,卻不能靠近去玩弄啊。 我認為,菊是花中的隱士,牡丹是花中的富貴者,蓮是花中的君子。唉!對於菊花的愛好,陶淵明以後很少聽到了。對於蓮的愛好,像我一樣的還有什麼人呢?對於牡丹的愛,那當然是有很多的人了!

心智圖

繪者：陳虹宇

導圖解析

　　這幅導圖的中心圖部分畫了**蓮花**，並畫了一條魚遊戲其中，這樣既緊扣了主題，也使中心圖充滿了**動感**。整幅心智圖分為四個部分：人、蓮、嘆、主旨。

　　第一部分：人。主要是不同朝代不同的人喜歡的花，所以是**並列關係**。

　　第二部分：蓮。這個部分寫了蓮生長的**環境**、品質以及在花中的**地位**。「中通外直」、「香遠益清」、「亭亭淨植」是**並列關係**。但「中通外直」和「不蔓不枝」是**遞進關係**，這句話的意思是：它的莖中間貫通，外形挺直，不生蔓，也不長枝。

第三部分：嘆。作者對菊、牡丹和蓮的感嘆，所以這三者是**並列關係**。

第四部分：主旨。這個部分，分為兩方面：一個是這篇文章本身寫出的蓮的**品格**—— 高潔獨立；另一個是作者自身的**品格**—— 潔身自好，不追逐名利。

該幅導圖中的小插圖比較多，其中「蓮」所在的那部分的「**螃蟹**」和「**肉丸**」運用了圖像轉換的方式，是不可「**褻玩**」的意思。「嘆」部分的**時間軸**指的是陶潛（陶淵明）之後。本圖的邏輯框架基本按照原文展開，背誦記憶較為方便。

文脈梳理

知識清單

八年級

上冊

短文兩篇
答謝中書書

〔作者〕陶弘景 〔朝代〕南朝

文題解讀

「答」是「回覆」的意思。謝中書，即謝徵（西元 500—536 年），字玄度，南朝梁陳郡陽夏（今河南太康）人，曾任中書舍人，故稱。第二個「書」，即書信。文題意為作者寫給朋友謝中書的一封書信。

經典原文	參考譯文
山川之美，古來共談。高峰入雲，清流見底。兩岸石壁，五色交輝。青林翠竹，四時俱備。曉霧將歇，猿鳥亂鳴；夕日欲頹，沉鱗競躍。實是欲界之仙都。自康樂以來，未復有能與其奇者。	山川景色的美麗，自古以來就是文人雅士共同談論的。巍峨的山峰聳入雲端，明淨的溪流清澈見底。兩岸的石壁五彩斑斕，交相輝映。青蔥的林木、翠綠的竹叢，四季都有。清晨的薄霧將要消散，猿、鳥此起彼伏地鳴叫著；夕陽快要下山了，潛游在水中的魚兒爭相躍出水面。這裡實在是人間的仙境啊。自從南朝的謝靈運以來，就再也沒有人能夠欣賞這種奇麗景色了。

心智圖

繪者：王丹

導圖解析

　　這幅導圖的中心圖我畫了作者陶弘景給好友謝中書寫書信的場景，上面有字畫缸、燭臺，這些元素使得寫信的場景更立體。

　　此篇書信的主要內容是作者透過書信向好友介紹江南山水之美，根據這些內容我對文章以總分總的結構進行拆分，分為了四個部分：總領全文、近景描繪、動景描繪；感慨收束。

　　第一部分是總述江南美景。

　　第二、三部分：根據作者從**靜**、**動**兩個角度去描寫景物的結構，對文章進行劃分，其中又分別從**空間**和**時間**的變化，來詳述所見所感。本文寫景，沒有僅僅停留在景物本身，而是抓住了景物的靈魂，也就是萬事萬物的勃勃

生機，透過**高低**、**遠近**、**動靜**的變化，**視覺**、**聽覺**的立體感受，來傳達自己
與自然相融合的愉悅之情。靜景中分別用三個頭部所指的方位，代表**仰視**、
俯視、平視，仰視可見「高峰入雲」，俯視可見「清流見底」，平視可見「兩
岸石壁」和「青林翠竹」。動景中又按時間變化分為「**曉**」、「**夕**」兩個維度，
其中山猿啼叫，林鳥相鳴，游魚競躍，表現了萬物一衍生機勃勃的景象，為
畫面增添了靈動感。

第四部分：抒情感嘆，收束全文，也就是對美好的景物發出的感慨和展
開的討論。在結構上採用首尾呼應的方式，將**寫景**、**抒情**、**議論**融為一體，
使主體部分更加突出、鮮明。

本導圖大量運用了圖像字，例如，美 —— 山、川融於其中；談 —— 古
人談話、嘴巴融於其中，代表共談。這樣的圖像字可以幫助我們理解原文意
境，從而加深記憶。

文脈梳理

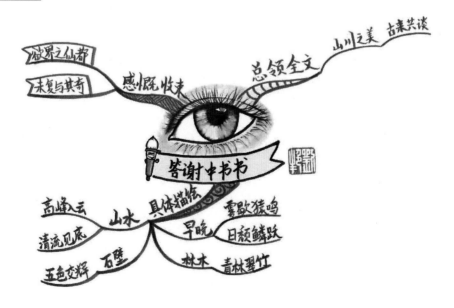

知識清單

記承天寺夜遊

〔作者〕蘇軾　〔朝代〕北宋

文題解讀

　　記，即遊記。承天寺，在今湖北黃岡南，點明遊的地點。「夜」，點明時間。文題點明寫作的主要內容。

經典原文	參考譯文
元豐六年十月十二日夜，解衣欲睡，月色入戶，欣然起行。念無與為樂者，遂至承天寺尋張懷民。懷民亦未寢，相與步於中庭。庭下如積水空明，水中藻、荇交橫，蓋竹柏影也。何夜無月？何處無竹柏？但少閒人如吾兩人者耳。	元豐六年十月十二日夜晚，我解開衣服，正打算睡覺，這時月光照進門裡，於是我高興地起來走到戶外。想到沒有人與我共同遊樂，於是來到承天寺找張懷民。張懷民也還沒有睡覺，於是我們一起在庭院中散步。庭院中的月光如積水般清明澄澈，彷彿有藻、荇交錯其中，大概是竹子和柏樹的影子吧。哪一夜沒有月光？哪裡沒有竹子和柏樹？只是缺少像我倆這樣的閒人罷了。

心智圖

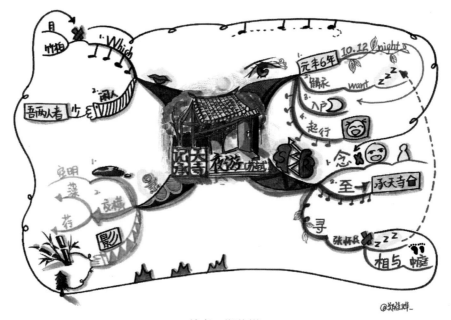

繪者：鄭佳燁

導圖解析

　　這幅導圖的中心圖畫的是一座寺廟，點明寫作主題，整幅導圖以作者的**行蹤動作**及**所見所思**為線索，共分為四部分。

　　第一部分：所見。寫作者因見「月色入戶」而起行，所以繪「眼睛」表示「見」。這部分運用記敘的表達方式，交代**時間**、**地點**、**人物**和夜遊的**起因**。「解衣欲睡」是說長夜寂寥，百無聊賴。「月色入戶」把月光**擬人化**，寫得自然生動，歡欣之情溢於言表。

　　第二部分：所思。因所思所念（「**大腦**」表示）「無與為樂者」，才有下一步尋友賞月之舉。這裡二級分支的「念」、「至」、「尋」，是並列關係，屬於同一層級，詞性都是動詞，便於回憶。

　　第三部分：寫景。描繪所見的景色。以新穎的比喻描寫庭院的月景。「積水空明」，寫月光的清澈透明；「藻、荇交橫」，寫竹柏倒影的清麗淡雅。作者以高度凝練的筆墨，點染出一個空明澄澈、疏影搖曳、似真似幻的**美妙境界**。

　　第四部分：抒情。「何夜無月？」、「何處無竹柏？」這兩個問句意味雋永，「×」表示「無」，月與竹柏是**並列關係**，貶謫的悲涼，人生的感慨，賞月的欣喜，漫步的悠閒，種種感情盡在其中。最後一句「但少閒人如吾兩人者耳」，是作者的**自寬自慰**。雖遭貶謫卻能欣賞到自然美景，這是那些追名逐利之人無法感受到的，透出一種曠達、樂觀的情懷。「閒人」一詞，表面上寫自己和張懷民無事可做，實則是**自嘲**，委婉地表達了自己宦途失意，抱負難以施展的**苦悶**。

文脈梳理

知識清單

與朱元思書

〔作者〕吳均　〔朝代〕南朝

文題解讀

「與」，給。朱元思，作者的友人。「書」，書信。題目表明本文是作者寫給友人的一封書信。文題簡潔明瞭，讓讀者一目了然。

經典原文	參考譯文
風煙俱淨，天山共色。從流飄蕩，任意東西。自富陽至桐廬一百許里，奇山異水，天下獨絕。 水皆縹碧，千丈見底。游魚細石，直視無礙。急湍甚箭，猛浪若奔。 夾岸高山，皆生寒樹，負勢競上，互相軒邈，爭高直指，千百成峰。泉水激石，泠泠作響；好鳥相鳴，嚶嚶成韻。蟬則千轉不窮，猿則百叫無絕。鳶飛戾天者，望峰息心；經綸世務者，窺谷忘反。橫柯上蔽，在晝猶昏；疏條交映，有時見口。	沒有一絲兒風，煙霧也完全消散了，天空和群山是同樣的顏色。我乘著小船隨著江流漂盪，有時面向東，有時面向西。從富陽到桐廬一百來里的水路上，奇山異水，天下獨一無二。 水都是淺青色，千丈之深的地方也能一望到底，游動的魚兒和細小的石子也能看得清清楚楚。湍急的江流比箭還要快，洶湧的大浪就像奔騰的駿馬。 夾著江水的兩岸高山上，全都生長著蒼翠的樹，透出一派寒意。重重疊疊的山巒各自憑著自己的地勢爭相向上，彷彿都在爭著往高處遠處伸展，由此而形成無數的山峰。泉水衝擊著岩石，發出泠泠的響聲；美麗的鳥兒互相和鳴，叫聲嚶嚶，和諧動聽。蟬不斷地叫著，猿持續地啼著。看到這些雄奇的山峰，那些極力攀高的人，就平息了自己熱衷於功名利祿的心；看到這些幽深的山谷，那些忙於俗事政務的人也會流連忘返。橫斜的樹枝在上面交錯遮蔽，擋住了天空，雖在白晝，林間仍顯昏暗；稀疏的枝條交相掩映，有時還能見到陽光。

心智圖

繪者：李燕玲

導圖解析

富春江的美景猶如徐徐展開的畫卷，因此作品的中心圖畫了一個畫卷，圖內以「山水」建構主體，暗示主要內容。

本文的結構清晰，按「**總—分**」布局，由此我將作品分為三部分。

第一部分：總寫。這個部分總寫了富春江奇特秀麗的**景色**。

第二部分：分寫。其一是「異水」的特點。作者從水清、水急兩方面突出了富春江水之「**異**」的特點。先抓住其「**縹碧**」，寫出了其晶瑩清澈的**靜態**美，「游魚細石，直視無礙」突出了水的清澈透明；再以比喻、誇張、對偶的修辭手法，以箭、馬做比喻，誇張地勾勒出急湍猛浪的**動態**美。

第三部分：分寫。其二是「奇山」的情態。這個部分從態、聲、情、光四個維度來描寫山之奇。聲的方面，從聽覺角度，運用**對偶**的修辭手法，描

繪了山間泉流、鳥鳴、蟬叫、猿啼的聲響，合奏出一支美妙的大自然交響曲，以聲音襯托出山林的寂靜。光的方面，從視覺角度寫山林之密，在結構上照應上文的「寒樹」，以景結情，令人回味無窮。

　　本文的邏輯結構是比較好把握的，因此繪製時，需要把思考的重點放在用詞的準確性上，盡量做到**詞性統一、內容對應**。這篇文章的描寫多，形象性好，所以小圖示的使用比較多，除了簡明的表達，同一內容盡量用相同的圖來表現，以提升內容的關聯性，這些都可以很好地提高記憶的效率。

文脈梳理

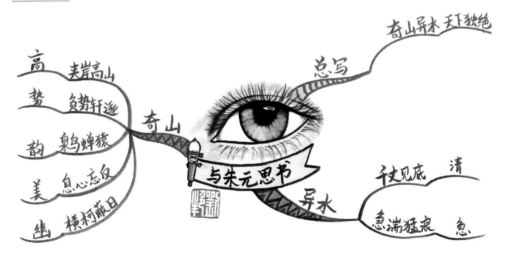

知識清單

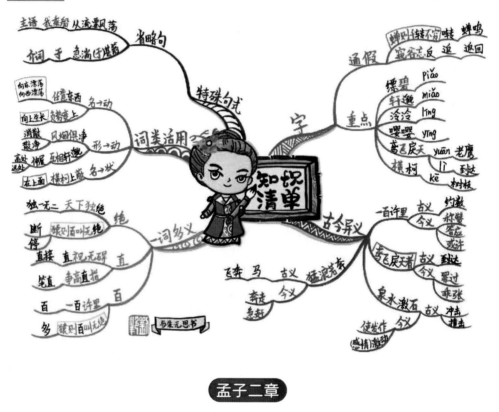

孟子二章

〔朝代〕先秦

富貴不能淫

文題解讀

　　「富貴不能淫」的意思是：富貴不能使其迷惑。這是大丈夫所應具備的品質。以此為題，意蘊豐富，富有氣勢。

經典原文	參考譯文
景春曰：「公孫衍、張儀豈不誠大丈夫哉？一怒而諸侯懼，安居而天下熄。」 孟子曰：「是焉得為大丈夫乎？子未學禮乎？丈夫之冠也，父命之；女子之嫁也，母命之，往送之門，戒之曰：『往之女家，必敬必戒，無違夫子！』以順為正者，妾婦之道也。居天下之廣居，立天下之正位，行天下之大道。得志，與民由之；不得志，獨行其道。富貴不能淫，貧賤不能移，威武不能屈，此之謂大丈夫。」	景春說：「公孫衍、張儀難道不是真正的大丈夫嗎？他們一發怒，諸侯就都害怕；他們安靜下來，天下便平安無事。」 孟子說：「這怎麼能算大丈夫呢？你沒有學過禮嗎？男子成年舉行冠禮時，父親教導他；女兒出嫁時，母親教導她，送到門口，告誡她說：『到了你的夫家，一定要恭敬、小心謹慎，不要違背你的丈夫！』以順從為原則的，是婦女之道。住在天下最寬敞的住宅『仁』裡，站在天下最正確的位置『禮』上，走在天下最光明的大路『義』上。得志的時候，和百姓一同遵循正道而行，不得志的時候，獨自走自己的道路。富貴不能使他迷惑，貧賤不能使他動搖，威武不能使他屈服，這樣的人才稱得上大丈夫。」

心智圖

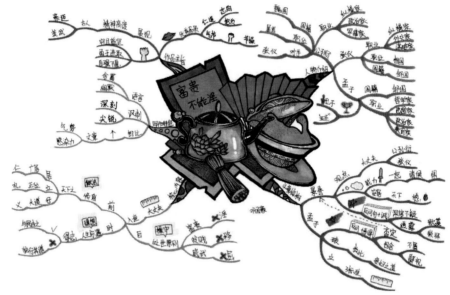

繪者：鄧國豪

導圖解析

　　熟讀本文後，在理解大意的基礎上，了解到孟子透過批駁景春的觀點，具體闡釋了什麼是真正的「大丈夫」，告訴我們無論身處什麼境遇，做事都要合乎禮義，不失節操。

　　這幅心智圖是從深入鑑賞的角度繪製的，總共分為五個部分的內容。

　　第一部分：人物介紹。這部分分別介紹了文中涉及的三個人物：**公孫衍、張儀、孟子**。

　　第二部分：文章結構。本章探討「**何謂大丈夫**」的問題。景春提出觀點，孟子反駁，有破有立。

　　景春認為，公孫衍、張儀是真正的大丈夫，因為他們具有「一怒而諸侯懼，安居而天下熄」的威力。值得注意的是，景春提出觀點時使用了一個反問句，還用了一個加重肯定語氣的「誠」，可見他對於這一觀點是深信不疑的，同時也透露出他對張儀、公孫衍的歆羨甚至崇拜。

　　而孟子則針鋒相對，首先用一個反問句表明了自己的態度，「焉得」一語不僅僅是對景春所持觀點的否定，也包含了對公孫衍、張儀之流的**不屑和鄙視**，緊接著，孟子用「妾婦之道」作比，指出了公孫衍、張儀的**本質**：他們只不過是順從君王的意志，就像當時出嫁的女子完全順從丈夫的意志一樣。他們沒有獨立的人格，也沒有判斷善惡、是非、曲直的標準，他們所做的一切，無非是在**迎合君王**的喜好，這樣的人哪裡稱得上是什麼大丈夫？這就是「破」，即直接反駁的部分。接下來是「立」，從正面提出自己心目中大丈夫的**標準**。

　　第三部分：核心內容。「居天下之廣居（仁德），立天下之正位（禮節），行天下之大道（義行）」三句，講的是入世前的修身，**指做法**；「得志，與民由之；不得志，獨行其道」兩句，講的是入世時的人生際遇，**指理想**；「富貴不能淫，貧賤不能移，威武不能屈」三句，講的是入世後的處事原則，**指操守**。在孟子看來，只有做到了以上幾個方面，才能稱得上是真正的大丈夫。

　　第四部分：寫作特色。語言含蓄幽默，諷刺深刻尖銳。

　　第五部分：作品主旨。

文脈梳理

知識清單

生於憂患，死於安樂

文題解讀

　　題目的意思是：常處憂愁禍患之中，可以使人生存，常處安逸快樂之中，可以使人死亡。「生於憂患，死於安樂」是本文的中心論點，以此為題，有點明中心的作用。

經典原文	參考譯文
舜發於畎畝之中，傅說舉於版築之間，膠鬲舉於魚鹽之中，管夷吾舉於士，孫叔敖舉於海，百里奚舉於市。故天將降大任於是人也，必先苦其心志，勞其筋骨，餓其體膚，空乏其身，行拂亂其所為，所以動心忍性，曾益其所不能。人恆過，然後能改；困於心，衡於慮，而後作；徵於色，發於聲，而後喻。入則無法家拂士，出則無敵國外患者，國恆亡。然後知生於憂患，而死於安樂也。	舜從田野中被起用，傅說從築牆的泥水匠中被選拔，膠鬲自魚鹽販中被舉用，管夷吾從獄官手裡獲釋被任用為相，孫叔敖從隱居的海邊被召為相，百里奚從市井之間被贖出而用為大夫。所以，上天將要下達重大的使命給這樣的人，一定要先使他內心痛苦，筋骨勞累，體膚餓瘦，身受貧困之苦，使他做事不順，透過這些來讓他內心受到震撼，使他的性格堅韌起來，以不斷增長他的才幹。 一個人常犯錯誤，然後才能改正；內心憂困，思慮阻塞，然後才能有所作為；一個人的想法，只有從臉色上顯露出來，流露在言談中，然後才能為人們所了解。一個國家內部如果沒有堅持法度的大臣和輔佐君王的賢士，外部如果沒有匹敵的鄰國和外患的侵擾，這個國家往往就容易滅亡。了解到這一切之後，就會明白常處憂愁禍患之中，可以使人生存，常處安逸享樂之中，可以使人滅亡的道理。

心智圖

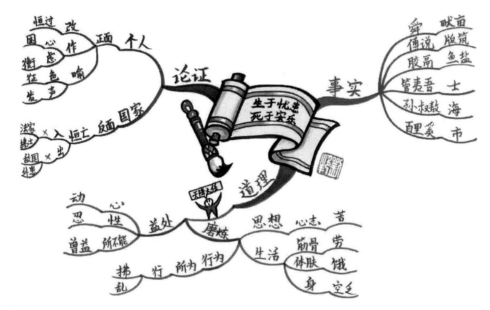

導圖解析

　　這幅導圖的中心圖我畫了一個**卷軸**，上面赫然寫著「生於憂患，死於安樂」，既展現題目，又表明主旨，簡潔清晰。

　　這幅心智圖分為三個部分：**事實、道理、論證**。透過陳述六個出身低微，但歷經艱苦磨練終擔當重任的名人事例，論證了無論是個人還是國家，若要成功，都應該居安思危、歷經磨難的道理。

　　第一部分：事實。開篇連用六個事例說明這些人雖**出身貧賤**，但他們在經受了艱苦磨練之後，終於成就了**不平凡**的事業，為第二部分的論證做鋪墊，發揮了論據作用。

　　第二部分：道理。論述人要有所作為，就必須在**思想**（苦其心志）、**生活**（勞其筋骨，餓其體膚，空乏其身）、**行為**（行拂亂其所為）三方面經受一番艱難甚至痛苦的磨練，以及經歷這些磨練所帶來的益處。

　　第三部分：論證。這部分，分為兩個維度：**個人和國家**。從個人角度正面論證人才的造就需要艱苦的環境，即**生於憂患**，其中「改、作、喻」是並列的關係；從國家的角度反面論證「死於安樂」。由個人推及國家，從內外兩方面說明了導致亡國的原因。在正反對比論證中得出「生於憂患，死於安樂」的中心論點。整幅心智圖基本是由**關鍵詞**和**邏輯結構**組成的，是想告訴大家，如果畫完幣幅導圖之後，大致能把內容背下來，可以一個小插圖都不用畫，因為畫圖的目的是輔助記憶和理解的，一切都是為了內容服務。

<u>文脈梳理</u>

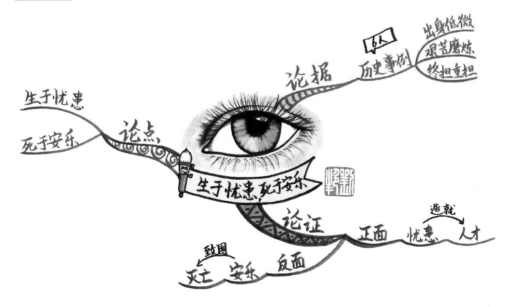

知識清單

愚公移山

《列子》 〔朝代〕先秦

文題解讀

　　「愚公」是本文的重要人物，「移山」是本文的重要事件。題目簡潔明瞭地概括了文章的主要內容。

經典原文	參考譯文
太行、王屋二山，方七百里，高萬仞，本在冀州之南，河陽之北。	太行、王屋兩座山，方圓七百里，高七八千丈，本來在冀州南邊，河陽北邊。

北山愚公者，年且九十，面山而居。懲山北之塞，出入之迂也，聚室而謀曰：「吾與汝畢力平險，指通豫南，達於漢陰，可乎？」雜然相許。

其妻獻疑曰：「以君之力，曾不能損魁父之丘，如太行、王屋何？且焉置土石？」雜曰：「投諸渤海之尾，隱土之北。」遂率子孫荷擔者三夫，叩石墾壤，箕畚運於渤海之尾。鄰人京城氏之孀妻有遺男，始齔，跳往助之。寒暑易節，始一反焉。

河曲智叟笑而止之曰：「甚矣，汝之不惠！以殘年餘力，曾不能毀山之一毛，其如土石何？」北山愚公長息曰：「汝心之固，固不可徹，曾不若孀妻弱子。雖我之死，有子存焉。子又生孫，孫又生子；子又有子，子又有孫；子子孫孫無窮匱也，而山不加增，何苦而不平？」河曲智叟亡以應。

北山下面有個名叫愚公的人，年紀快到九十歲了，面對著大山居住。他苦於山北路途阻塞，出來進去都要繞道，就召集全家人商量說：「我跟你們盡力挖平險峻的大山，使道路一直通到豫州南部，到達漢水南岸，行嗎？」大家紛紛表示贊同。

他的妻子提出疑問說：「憑您的力氣，連魁父這樣的小山都不能削減，能把太行山、王屋山怎麼樣呢？再說，挖下來的土和石頭，要放哪呢？」眾人紛紛說：「把那些土石扔到渤海的邊上，隱土的北邊。」於是愚公率領兒孫中能挑擔子的三個人上了山，敲石頭，挖土，用畚箕裝土石，運到渤海邊上。鄰居京城氏的寡婦有個男孩，剛七八歲，蹦蹦跳跳地去幫助愚公。冬夏換季，才能往返一次。

河灣上的智叟譏笑愚公，阻止他做這件事，說：「你也太不聰明！就憑你老邁的年紀和殘餘的力氣，連山上的一點草木都動不了，又能把泥土石頭怎麼樣呢？」北山愚公長嘆說：「你的思想真頑固，頑固得沒法改變，連寡婦和小孩都比不上。即使我歾了，還有兒子在呀；兒子又生孫子，孫子又生兒子；孫子的兒子又有兒子，他的兒子又有孫子；子子孫孫無窮無盡，可是山不會增高加大，還怕挖不平嗎？」河灣上的智叟無話可答。

| 操蛇之神聞之，懼其不已也，告之於帝。帝感其誠，命誇娥氏二子負二山，一厝朔東，一厝雍南。自此，冀之南，漢之陰，無隴斷焉。 | 握著蛇的山神聽說了這件事，怕愚公他們沒完沒了地挖下去，便向天帝報告。天帝被愚公的誠心感動，命令大力神誇娥氏的兩個兒子揹走了那兩座山，一座放在朔方的東部，一座放在雍州的南部。從此以後，冀州的南部直到漢水南岸，再也沒有山岡阻隔了。 |

心智圖

繪者：黃麗霏

導圖解析

　　這幅導圖的中心圖，我畫了手持挖土工具的**愚公**，從他堅定的神情，可以看出他對移山的堅定信心。愚公旁邊是座大山，山之高大表明移山的艱鉅。中心圖上剛剛升起的太陽，表明愚公起得很早，要傾盡全力把山移走。

　　這幅導圖是從**邏輯記憶的角度**，對愚公移山的故事進行了結構劃分，總共分為五個部分：**背景、開端、移山、智愚辯駁、神話**。

　　第一部分：背景。這部分交代了故事的背景，指出太行、王屋二山的面積、高度和地理位置，為移山、負山等情節做鋪墊。「方七百里」和「高萬仞」，極言山之廣闊、高大，交代故事背景，**暗示移山之不易**，為下文寫愚公移山做鋪墊。「本」字點明兩山原來的位置，言外之意是兩座山已不在那裡。設定懸念，引起下文。

　　第二部分：開端。主要是愚公與家人的商討，其中商討又分為三方面：第一方面是愚公闡述自己移山的想法，重點強調了移山的**原因**；第二方面是愚公的建議，重點述說了最終的**目標**：指通豫南，達於漢陰，這也表現了愚公移山信心十足，初顯其迎難而上的精神；第三方面則是妻子提出自己的**疑惑**及眾人的**解答**。「其妻獻疑曰」，語氣中帶有關切、擔心，且非常委婉。這裡提出移山的困難，目的不是阻止愚公移山，而是提醒愚公及其他人正視移山的困難，並且設法克服困難。

　　第三部分：移山。這個部分沒有按照文章的順序來畫，而是根據文章所涉及的三個主題，分別是**人物、移山的方法、時間**，三者間是並列關係。**人物**有「子孫荷擔者三夫（子孫中三個能挑擔的人）」，鄰居京城氏寡婦七八歲的小兒子；**方法**有叩石（敲石頭）、墾壤（挖泥土）、箕畚運（用柳條編織的器具運送）；**時間**是「寒暑易節，始一反焉」，意思是冬夏換季，才往返一次。冬用雪花表示，夏用太陽表示。冬夏換季（一年）才往返一次，說明路途遙遠，勞動艱辛，反映了**移山之難**，也顯示出愚公移山**決心之大**。

　　第四部分：智愚辯駁。智叟和愚公的辯論，看似智叟智，愚公愚，實則不然，而兩人的對話也以**並列關係**的形式呈現。智叟的「笑而止之」，表現了他思想頑固及自作聰明之態，從側面寫出了移山的不易。愚公的答話「子

又生孫,孫又生子;子又有子,子又有孫」運用了**頂真**的修辭手法,充分說明了子孫繁衍,生生不息,只要世世代代堅持不懈,終能將山剷平的道理。「何苦而不平?」則運用了**反問**的修辭手法,進一步表現了愚公迎難而上的精神,使其反駁更加有力。

第五部分:神話。寫天帝被愚公的精神感動,命人將山移走。這是故事的**高潮**和**結局**。兩個大力神的幫助也讓整篇古文完美結束,也充分表現了寓言的特點。

這張心智圖配有許多的**小插圖**。例如,開端部分,「險」字被一條紅色虛線割開,意思是「平險」,後面奮鬥的人代表的是「畢力」,即盡全力。「渤海之尾」在全文中出現了兩次,所以畫了相同的圖示,一條魚,魚身代表渤海,魚尾被賦予了不同顏色,綠色魚尾代表想法,紅色魚尾代表實際做法。第四部分中,「電池的電量僅剩 1%的電量」圖示代表的是殘年餘力。本幅心智圖基本按照原文邏輯展開,有助於快速背誦全文。

文脈梳理

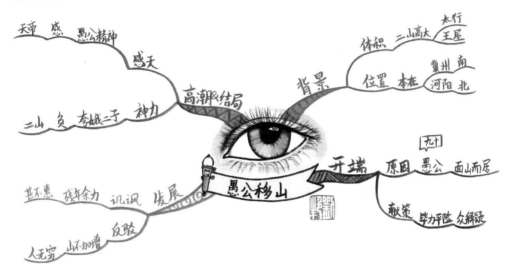

知識清單

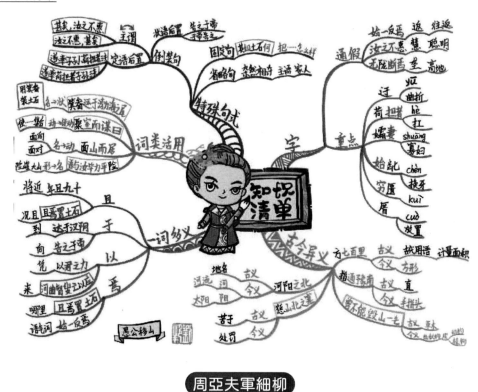

周亞夫軍細柳

〔作者〕司馬遷　〔朝代〕西漢

文題解讀

「周亞夫」點明文章的主角，「細柳」點明事情發生的地點。題目簡潔明瞭，有較強的概括性。

經典原文	參考譯文
文帝之後六年，匈奴大入邊。乃以宗正劉禮為將軍，軍霸上；祝茲侯徐厲為將軍，軍棘門；以河內守亞夫為將軍，軍細柳：以備胡。上自勞軍。至霸上及棘門軍，直馳入，將以下騎送迎。已而之細柳軍，軍士吏被甲，銳兵刃，彀弓弩，持滿。天子先驅至，不得入。先驅曰：「天子且至！」軍門都尉曰：「將軍令曰：『軍中聞將軍令，不聞天子之詔。』」居無何，上至，又不得入。於是上乃使使持節詔將軍：「吾欲入勞軍。」亞夫乃傳言開壁門。壁門士吏謂從屬車騎曰：「將軍約，軍中不得驅馳。」於是天子乃按轡徐行。至營，將軍亞夫持兵揖曰：「介冑之士不拜，請以軍禮見。」天子為動，改容式車。使人稱謝：「皇帝敬勞將軍。」成禮而去。	漢文帝後元六年，匈奴大規模侵入漢朝邊境。於是，朝廷任命宗正劉禮為將軍，駐軍在霸上；任命祝茲侯徐厲為將軍，駐軍在棘門；任命河內郡郡守周亞夫為將軍，駐軍在細柳：以防備匈奴侵擾。 文帝親自去慰勞軍隊。到了霸上和棘門的軍營，直接馳入，將軍及其屬下都騎著馬迎送。不久來到了細柳軍營，軍中官兵都穿戴盔甲，刀出鞘，張開弓弩並拉滿。文帝的先行引導人員到了營門前，不能進入。先導人員說：「皇上即將駕到！」守衛軍營的將官回答：「將軍有命令說：『軍中只聽從將軍的命令，不聽從天子的詔令』。」過了不久，文帝駕到，也無法進入軍營。於是文帝就派使者拿了天子的符節去告訴將軍：「我要入營慰勞軍隊。」周亞夫這才傳令開啟軍營大門。守衛營門的官兵對跟著文帝的車馬隨從說：「將軍規定，軍營中不准驅車奔馳。」於是文帝就控制住車馬，緩緩前行。到了主帥所在的營帳，將軍周亞夫手執兵器拱手行禮，說：「披甲戴盔的將士不行跪拜大禮，請允許我以軍禮參見陛下。」文帝被他感動，表情變得嚴肅莊重，扶著車前橫木俯下身子表示敬意，並派人向周亞夫致意說：「皇帝敬重地慰勞將軍。」勞軍儀式完成後離開。

| 既出軍門，群臣皆驚。文帝曰：「嗟呼，此真將軍矣！曩者霸上、棘門軍，若兒戲耳，其將固可襲而虜也。至於亞夫，可得而犯邪！」稱善者久之。 | 出了細柳軍營的大門後，群臣都感到驚詫。文帝說：「啊，這才是真正的將軍呀！先前霸上、棘門的駐軍，簡直就像兒戲一樣，他們的將軍是一定可以被偷襲並俘虜的。至於周亞夫，哪裡是能夠侵犯的呢？」稱讚了周亞夫很久。 |

心智圖

繪者：許家瑜

導圖解析

這幅心智圖的中心圖，畫的是**周亞夫**的細柳營城門，在城門的城名處畫了一棵柳樹，幫助記憶。城門之上是周亞夫的肖像畫，威風凜凜，頗有「一夫當關，萬夫莫開」的氣勢。他的身後是獵獵飄揚的大漢的旗幟。

第一部分是「備戰」。常言道「兵馬不動，糧草先行」，畫兵器和糧草來

渲染氛圍。時間是漢文帝後元六年，先畫了**漢文帝**的頭像，然後寫上「後六年」。一個揮動大刀的匈奴將士在國境線上，加上三**個大紅箭頭**，表明「匈奴大入邊」。針對這種情況，漢朝「封將」，用現在將軍的肩章表示。「宗正」是管理皇族事務的官員，由「霸」也想到霸王，畫個王冠，就能較容易記住「宗正劉禮為將軍，軍霸上」。「祝茲侯徐厲為將軍，軍棘門」，城門旁畫幾根荊棘條表示「棘門」，「以河內守亞夫為將軍，軍細柳」，城門旁畫一棵柳樹，表示「細柳」。目的是「備胡」，用盾牌擋住貼著胡人標籤的箭來說明。

　　第二部分是「勞軍」。這裡是慰問霸上和棘門的軍隊，用皇帝駕車驅馳，點明其特點。這兩處情形基本相同，先寫「入營」，用一個綠色箭頭穿進營門表示。用馬車毫無阻礙地進入城門，只剩下馬的後半身和車廂表示「直馳入」。慰問禮儀，「將以下騎送迎」，用將士騎馬拉了一個「送迎」**橫幅**來表示。

　　第三部分也是「勞軍」，但慰問的是細柳的軍隊。用皇帝下馬，發放賞賜的糧食來表示。用一個將士身穿鎧甲，手持兵刃表示「軍士吏被甲，銳兵刃」，正待發射的弩和拉滿的弓表示「彀弓弩，持滿」。十字架住的刀槍表示「不得入」，即使搬出了「天子且至」也被阻擋。身穿鎧甲、手持兵器的的軍門都尉說將軍有令：「軍中聞將軍令，不聞天子之詔。」用**軍營令箭**表示「將軍令」，用**卷軸**表示「天子詔」。一對刀劍交叉橫在皇帝面前，皇帝派人向周亞夫卜詔書表示「上至，又不得入」、「使使節詔將軍」。周亞夫在**指揮桌**前說：「開門。」表示「亞夫乃傳言開壁門」。壁門士吏叮囑「軍中不得驅馳」，

用馬兒拉車表示。用皇帝駕車緩緩前行表示「天子乃按轡徐行」。進入主帥大營，周亞夫單膝跪地表示「持兵揖」，行「軍禮」。用行跪拜大禮加 × 表示「介冑之士不拜」。「天子為動，改容式車」則用扶著橫木俯下身子表示。一個使者拿著皇帝詔書和一個對話方塊表示「使人稱謝」，即向人致謝。一輛馬車駛離軍營，表示「成禮而去」。

第四部分是「反應」，用各種表情來表示。「群臣皆驚」用三個感嘆號（又稱驚嘆號）表示「驚」，即「驚詫」。再次作比較，周亞夫用將軍圖加「真將軍」表示，用棘門、霸上城門表示軍隊，匈奴士兵把他們的士兵綁在一起表示「襲而虜」。「可得而犯邪！」意思是不可得而犯，用揮刀的匈奴兵畫上靜止圈表示。三個點讚大拇指表示「稱讚者久之」。

文脈梳理

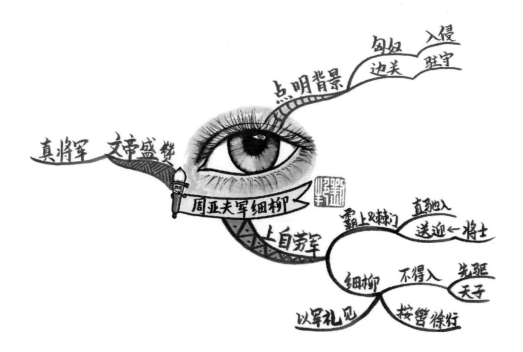

知識清單

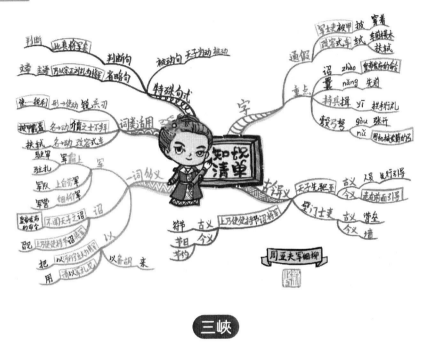

三峽

〔作者〕酈道元　〔朝代〕北魏

文題解讀

　　三峽，瞿塘峽、巫峽和西陵峽的總稱，在長江上游重慶奉節和湖北宜昌之間。題目交代了寫作對象。

經典原文	參考譯文
自三峽七百里中，兩岸連山，略無闕處。重巖疊嶂，隱天蔽日，自非亭午夜分，不見曦月。	在七百里三峽當中，兩岸都是連綿的高山，一點也沒有中斷的地方。層層的懸崖，排排的峭壁，把天空和太陽都遮蔽了。如果不是在正午，就看不到太陽；不是在半夜，就看不到月亮。

至於夏水襄陵，沿溯阻絕。或王命急宣，有時朝發白帝，暮到江陵，其間千二百里，雖乘奔御風，不以疾也。	到夏天江水漫上山陵的時候，上行和下行的航道都被阻斷，不能通航。倘若碰到皇帝的命令要急速傳達，有時候清早坐船從白帝城出發，傍晚便可到達江陵。中間相距一千二百里，即使騎著駿馬，駕著疾風，也沒有這麼快。
春冬之時，則素湍綠潭，迴清倒影，絕巘多生怪柏，懸泉瀑布，飛漱其間，清榮峻茂，良多趣味。	在春、冬兩個季節，白色的急流中有迴旋的清波，綠色的潭水中有倒映著的各種景物的影子。極高的山峰上多生長著奇形怪狀的柏樹，懸泉瀑布在山峰之間飛速沖蕩。水清，樹榮，山高，草盛，有很多趣味。
每至晴初霜旦，林寒澗肅，常有高猿長嘯，屬引淒異，空谷傳響，哀轉久絕。故漁者歌曰：「巴東三峽巫峽長，猿鳴三聲淚沾裳。」	在秋天，每到天剛放晴的時候或下霜的早晨，樹林和山澗之中一片清寒肅殺。高處的猿猴拉長聲音啼叫，聲音連續不斷，悽慘悲涼。空曠的山谷中傳來猿叫的回聲，悲涼婉轉，很久很久才消失。所以漁民們唱道：「巴東三峽巫峽長，猿鳴三聲淚沾裳！」

心智圖

繪者：陳虹宇

導圖解析

　　這幅導圖的中心圖，是連綿的群山和蜿蜒的江。本文描寫了不同的景物：群山的高大連綿、夏天的滔滔江水、春秋的山水草木、冬天的人與自然。

　　第一部分：山。總體概括了三峽山勢的特點——山高嶺連。起筆交代描寫對象，「七百里」可見三峽之長，「略無闕處」可見山多而連綿。其中「略無闕處」和「重巖疊嶂」都是描寫山的高大連綿，而「重巖疊嶂」、「隱天蔽日」、「不見曦月」呈現的是因果關係。「重」、「疊」、「隱」、「蔽」四字，著重刻劃了山的連綿、高峻。

135

第二部分：夏天。主要寫了水勢浩大、水流湍急的特點，所以大綱主幹畫了一條江，夏字也畫成了一滴水的形狀。文中用了兩個例子，水上漲會阻斷船隻；流速很快以至於「朝發白帝，暮到江陵」，即使騎著飛奔的馬，駕著風，也沒有這麼快。其中小插圖裡面的「V」是速度的意思，而「奔」是馬的意思。「V＞馬御風」就是「雖乘奔御風，不以疾」，這裡運用了**誇張**的修辭手法，寫出了夏季江水流動迅疾、一瀉千里的特點。

第三部分：春冬。主要是寫春冬時節三峽的景緻 —— 水退潭清，風景秀麗。文中從水、景、山三個層面來描寫春冬時的三峽。由於第二部分也是歸納的水的特點，所以用了一個由很多水滴組成的箭頭來連線這兩部分，這有利於學習中的對比。「良多趣味」是直抒胸臆，表達由衷的讚嘆之情。而「清榮峻茂」四個字的意思很重要，所以用了四個小插圖來形象解讀它們的意思 —— **水清、樹容、山高、草盛**，四字狀四物，一字一景，簡潔概括，精當確切。山的分支上的插圖則是「絕巘多生怪柏」，是仰視三峽之所見：山高、柏怪、水飛，**山水配合**，**靜中有動**，構成了一幅絕佳的山水圖。

第四部分：秋。主要寫三峽的秋景 —— **水枯氣寒**。具體呈現的是秋天的人與自然，人是漁夫，而自然則是晴初霜旦時的山間動植物和景物，有森林、山澗，還有高猿長嘯。「林寒澗肅」這個插圖畫的是一片森林，然後有一個畫了叉的聲音標誌，這個圖能比較好地幫助記憶林寒澗肅的意思。猿猴的叫聲有兩個特點，一個是**悽慘**，另一個是山谷中會有**回聲**，這兩個特點是並列關係，渲染出三峽秋季悲寂、淒涼的氣氛。最後引用當地流行的漁歌作結，再次點明三峽之長，猿聲之哀，進一步突出三峽秋季蕭瑟悲涼的氣氛。這張圖的布局和邏輯以酈道元的原文為**基本框架**，在一些細節上進行了重新整合。

文脈梳理

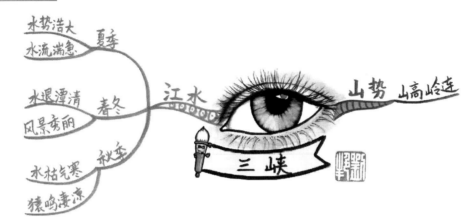

知識清單

八年級
下冊

莊子二則

〔朝代〕先秦

北冥有魚

文題解讀

「北冥」指北海，題目交代了地點和寫作對象。北海裡有一條什麼樣的魚？這條魚有怎樣的故事？文題設定懸念，引起讀者的閱讀興趣。

經典原文	參考譯文
北冥有魚，其名為鯤。鯤之大，不知其幾千里也；化而為鳥，其名為鵬。鵬之背，不知其幾千里也；怒而飛，其翼若垂天之雲。是鳥也，海運則將徙於南冥。南冥者，天池也。	北海有一條魚，它的名字叫鯤。鯤體積巨大，不知道有幾千里；鯤變化成為鳥，它的名字叫鵬。鵬的脊背，不知道長到幾千里；當它奮起而飛的時候，那展開的雙翅就像懸掛在天空的雲。這隻鵬鳥啊，海水運動時將要飛到南海去。南海是個天然的大水池。

| 《齊諧》者，志怪者也。《諧》之言曰：「鵬之徙於南冥也，水擊三千里，摶扶搖而上者九萬里，去以六月息者也。」野馬也，塵埃也，生物之以息相吹也。天之蒼蒼，其正色邪？其遠而無所至極邪？其視下也，亦若是則已矣。 | 《齊諧》是一部專門記載怪異事物的書。這本書上記載說：「鵬鳥往南方的大海遷徙之時，翅膀擊水而行，激起的波濤浪花有三千里，乘著旋風盤旋飛至九萬里的高空，它憑藉著六月的大風離開。」山野中的霧氣，空氣中的塵埃，都是生物用氣息吹拂的結果。天色湛藍，是它真正的顏色嗎？還是因為天空高遠而看不到盡頭呢？大鵬從天空往下看，也不過像人在地面上看天一樣罷了。 |

心智圖

繪者：王丹

導圖解析

　　這幅導圖的中心圖選擇了文章中描述的兩個大型動物鯤和鵬作為主要構成，展現了作者所表達的世間萬物都有所依憑，就連巨大的鯤、鵬都不例外的思想。

　　我分別從鯤鵬的轉變、鵬的特點、與微小生物的對比以及作者的感嘆四個方面來繪製這幅導圖。

　　此幅導圖的主要特色，在於透過一些**字型的處理**，讓學習者理解其義，例如「冥」指的是海，就將**海浪的樣式賦予**在字型的表現上。

　　第一部分：鯤到鵬的轉變，主要描寫了鯤和鵬的**體形特徵**。兩個「不知其幾千里」，用誇張的手法突出鯤和鵬的**形體之大**。「垂天之雲」，兼用比喻和誇張的手法，突出鵬翼之大。

　　第二部分：提煉鵬「**徙**」、「**擊**」、「**搏**」、「**去**」四個動作以便記憶鵬的特點。

　　第三部分：透過用微小的**塵埃**和巨大的鵬來進行對比，闡述作者認為世間萬物皆有所待、有所憑藉的思想。

　　第四部分：作者的感慨，任何事物的存在都依附於一定的條件，也說明人對事物的認識是有侷限的。

文脈梳理

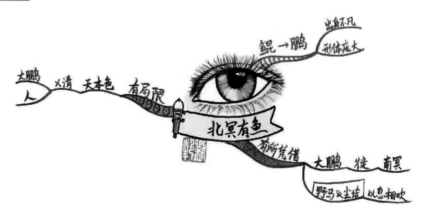

莊子與惠子遊於濠梁之上

文題解讀

　　〈莊子與惠子遊於濠梁之上〉即莊子和惠子在濠水的橋上遊玩。文題交代了人物、地點、事件，讓讀者明白故事是由遊玩引起的。

經典原文	參考譯文
莊子與惠子遊於濠梁之上。莊子曰：「鰷魚出遊從容，是魚之樂也。」惠子曰：「子非魚，安知魚之樂？」莊子曰：「子非我，安知我不知魚之樂？」惠子曰：「我非子，固不知子矣；子固非魚也，子之不知魚之樂，全矣！」莊子曰：「請循其本。子曰『汝安知魚樂』云者，既已知吾知之而問我。我知之濠上也。」	莊子與惠子在濠水的橋上遊玩。莊子說：「鰷魚在河水中游得多麼悠閒自得，這是魚的快樂啊。」惠子說：「你不是魚，怎麼知道魚的快樂呢？」莊子說：「你不是我，怎麼知道我不知道魚的快樂呢？」惠子說：「我不是你，固然不知道你；你本來就不是魚，你不知道魚的快樂，是可以肯定的！」莊子說：「請追溯話題本原。你說：『你在哪裡知道魚快樂』的話，說明你已經知道魚快樂而問我。我是在濠水的橋上知道的。」

心智圖

繪者：許家瑜

導圖解析

這幅圖的中心圖中，兩個卡通人物在濠水橋上遊玩，看到河中游魚，進而機智巧妙地辯論。「濠梁之辯」主要由莊子和惠子的對話組成。我將整幅導圖分為四個部分。

第一部分是「敘」。用鉛筆的變形，一個水滴舉著「濠水」的牌子來說明地點是濠水橋上。人物是莊子和惠子，他們在橋上遊玩。

第二部分是「辯」。辯題是魚樂與否。大綱主幹畫了一隻錦鯉，上書一個「樂」字。這裡的「鯈魚」是白魚，塗成綠色用以表達自由之意，也便於作比較。魚兒自由自在唱著歌表示「出遊從容」，即悠閒自得。用箭頭連線一條白魚舉著牌子「我很快樂」，來表達莊子的觀點，魚兒悠遊自在是魚兒的快樂。惠子認為莊子不是魚，怎知「魚之樂」，用問號表示無法知道。

第三部分圍繞「知」展開討論，用對話方塊變形。用不等號連線兩人表示莊子不等於惠子，怎麼知道我不知道魚之樂。「魚之樂」，「樂」字下半部

分用魚的變形，是文字的圖像化。惠子以退為進，先承認「我非子」，用勾號表示。用一把鎖表示「固」，運用了自由聯想，「固」想到穩固，由穩固又想到鎖，鎖上門就感覺穩固了。但在文中是固然的意思。子非魚，不知魚之樂。這裡用帶 LED 燈的勾號來突出「全矣」，即完全肯定。

　　最後一部分莊子**偷換概念**，在「安」字上做文章。「安」既有「怎樣」、「如何」，又有「哪裡」的意思。惠子的本意是「如何」知道「魚之樂」，莊子偷換為「哪裡」，所以回答「濠上」。因此人綱主幹就用濠水橋來表示。一個帶箭頭的圈表示「循其本」，追溯問題本源。「你」即惠子，惠子說的話用**引號**引住，問號和魚表示「安知魚之樂」。「雲」的本意是雲朵，這裡畫了一朵雲來記憶原文，但在文章中是「話」的意思。一張紙來表示「已知」，「吾知之」意思是我知道魚之樂。「問我」用惠子提問莊子表示。最後，「濠上」用莊子站在濠水橋上表示。至此，論辯以**莊子勝利**而結束。本文透過記敘莊子與惠子圍繞著「魚之樂」展開的辯論，表現了莊子機智、巧妙的辯論風格，也表現了莊子「萬物與我為一」的思想。

文脈梳理

143

知識清單

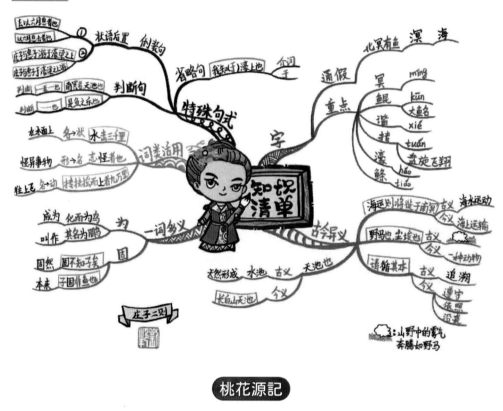

庄子二則

桃花源記

〔作者〕陶淵明　〔朝代〕東晉

文題解讀

「記」是一種文體。「桃花源」是作者虛構的一個美好的世界。題目明確了記述的主要內容。

經典原文	參考譯文
晉太元中，武陵人捕魚為業。緣溪行，忘路之遠近。忽逢桃花林，夾岸數百步，中無雜樹，芳草鮮美，落英繽紛。漁人甚異之，復前行，欲窮其林。	東晉太元年間，有個武陵人以捕魚作為職業。有一天他順著溪水划船前進，忘記了路程有多遠。忽然遇到一片桃花林，桃樹緊靠著溪流兩岸生長，長達幾百步，中間沒有其他的樹，野花野草鮮豔美麗，落花紛紛。漁人對此感到詫異，再往前走，想走到那片桃林的盡頭。
林盡水源，便得一山，山有小口，彷彿若有光。便捨船，從口入。初極狹，才通人。復行數十步，豁然開朗。土地平曠，屋舍儼然，有良田、美池、桑竹之屬。阡陌交通，雞犬相聞。其中往來種作，男女衣著，悉如外人。黃髮垂髫，並怡然自樂。	桃林在溪水發源的地方就到頭了，於是出現一座山，山上有個小洞口，洞裡隱隱約約好像有光亮。漁人就離開小船，從洞口進去。開始洞口很窄，僅容一個人透過。又走了幾十步，突然變得開闊明亮了。這裡土地平坦空曠，房屋整整齊齊，有肥沃的田地、美麗的池塘和桑樹、竹子之類的景物。田間小路交錯相通，村落間互相能聽到雞鳴狗叫的聲音。那裡面的人們來來往往耕田勞作，男女的穿戴完全像桃花源外的世人。老人和小孩都悠閒愉快、自得其樂的樣子。

見漁人，乃大驚，問所從來。具答之。便要還家，設酒、殺雞、作食。村中聞有此人，咸來問訊。自云先世避秦時亂，率妻子邑人來此絕境，不復出焉，遂與外人間隔。問今是何世，乃不知有漢，無論魏晉。此人一一為具言所聞，皆嘆惋。餘人各復延至其家，皆出酒食。停數日，辭去。此中人語云：「不足為外人道也。」既出，得其船，便扶向路，處處志之。及郡下，詣太守，說如此。太守即遣人隨其往，尋向所志，遂迷，不復得路。

南陽劉子驥，高尚士也，聞之，欣然規往。未果，尋病終。後遂無問津者。

桃花源中人看見漁人，很驚奇，問漁人從哪裡來。漁人詳細地回答了他們的問題。他們就邀請漁人到他們家裡去，擺酒、殺雞、做飯菜。村子裡的人聽說有這樣一個人，都來問消息。他們自己說前代祖先為了躲避秦朝時候的戰亂，帶領妻子、兒女和同鄉人來到這個與人世隔絕的地方，沒有再出去過，最終和桃花源以外的世人隔絕了。他們問現在是什麼朝代，竟不知道有過漢朝，更不必說魏朝和晉朝了。這漁人一一詳細地說出自己知道的情況，這些人聽罷都感嘆惋惜。其他的人各自又邀請漁人到自己的家中，都拿出美酒和飯菜來招待。漁人在這裡停留了幾天，告辭離去。這裡的人告訴他說：「這裡的事情不值得對外面的人說。」

漁人出了桃花源後，找到了他的船，就沿著來時的路回去，到處做了標記。回到武陵郡裡，去拜見太守，稟報了這些情況。太守立即派人跟著他前去，尋找先前做的標記，竟迷路了，再也找不到通往桃花源的路。

南陽人劉子驥，是個高尚的讀書人。聽說了這件事，高興地計劃要去探訪。沒有實現，不久他生病死了。此後，再也沒有探訪桃花源的人了。

心智圖

繪者：朱子霖

導圖解析

　　這幅導圖分析的是陶淵明的〈桃花源記〉，全文以武陵漁人的行蹤為線索，依照文章的描寫順序分為：**偶入**、**發現**、**探訪**、**尋找**、**結果**五個部分。

　　第一部分：偶入。交代故事發生的**時間**、**地點**、**人物**及其**身分**，這一交代似真實虛，以實寫虛。透過人物、事件、環境等說明武林人因迷路，從而發現了桃花源入口的過程，景色分支後面畫著桃樹，後面又羅列了一些桃花林中的景物，用並列關係依次呈現。

第二部分：發現。依照漁人進入**桃花源**的觀察順序，依次畫出了他進入時的所見所聞。在第一個分支「位置」這個部分，先描述發現桃花源的經過，用**圖像遞進變化**的方式，呈現發現的過程。在「特點」分支，透過小口狹道，寫到「豁然開朗」，表示深處有柳暗花明的韻致。在「景色」分支，進入桃花源仙境之後，先將土地、屋舍、良田、美池、桑竹、阡陌、雞鳴、犬吠等一一寫來，所見所聞，歷歷在目。然後由景及人，描述桃花源中人的往來種作、衣著裝束和怡然自樂的生活，勾勒出一幅理想的田園生活畫卷。

第三部分：探訪。依照事情發展順序：**開端、經過**（行為、言語、回答、反應）、**結果**，寫桃花源人見到漁人的情景，由「大驚」而「問所從來」，由熱情款待到臨別叮嚀，寫得情真意切，洋溢著濃郁的生活氣息。

第四部分：尋找。講述漁人出桃花源後的所作作為，以動詞「出」、「及」、「尋」來展開，是漁人違反諾言卻又求而不得的過程。先寫漁人在沿著來路返回途中「處處志之」，暗示其有意再來。「詣太守，說如此」，寫其違背桃花源人「不足為外人道也」的叮嚀。

第五部分：結果。透過劉子驥的行動與結果表明桃花源最終不為人所尋。

本圖是依照原文敘述順序，再加上自己的理解進行繪製的，採用很多小圖示來更好地表達文章意思，增加趣味性，方便大家更好地記憶。

文脈梳理

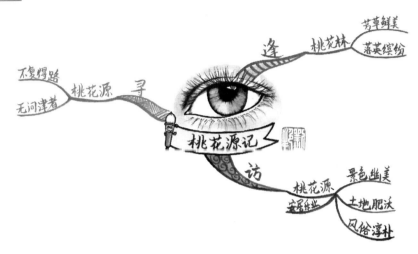

知識清單

小石潭記

〔作者〕柳宗元　〔朝代〕唐朝

文題解讀

「小石潭」是作者所遊覽的一個地方，「記」是古代的一種文體。題目表明這是一篇遊記。

經典原文	參考譯文
小丘西行百二十步，隔篁竹，聞水聲，如鳴珮環，心樂之。伐竹取道，下見小潭，水尤清冽。全石以為底，近岸，卷石底以出，為坻，為嶼，為嵁，為巖。青樹翠蔓，蒙絡搖綴，參差披拂。 潭中魚可百許頭，皆若空游無所依，日光下澈，影布石上。佁然不動，俶爾遠逝，往來翕忽，似與遊者相樂。	從小丘向西走一百二十步，隔著竹林，就聽到了水流聲，好像人身上佩帶的玉珮、玉環相碰發出的聲音那樣清脆悅耳，我心裡感到很高興。於是砍倒竹子開闢出一條小路，順勢往下走便可看見一個小潭，潭水特別清涼。潭用整塊石頭作為底，在靠近岸邊的地方，石底向上彎曲，露出水面，形成水中高地、小島、不平的岩石、石頭（各種不同的形狀）。岸上青翠的樹木，碧綠的藤蔓，覆蓋纏繞，搖動聯結，參差不齊，隨風飄蕩。 潭中的魚大約有一百來條，都好像在空中游動，什麼依靠都沒有。陽光直照到水底，魚的影子映在石上，呆呆地一動不動，忽然間又向遠處游去了，來來往往輕快敏捷，好像在和遊人逗樂。

從潭西南而望，斗折蛇行，明滅可見。其岸勢犬牙差互，不可知其源。	向水潭的西南望去，那小溪像北斗七星那樣曲折，像蛇爬行那樣彎曲，有時看得見，有時看不見。溪流的岸勢像狗牙那樣參差不齊，不能夠知道它的源頭。
坐潭上，四面竹樹環合，寂寥無人，淒神寒骨，悄愴幽邃。以其境過清，不可久居，乃記之而去。	我坐在潭邊，四周有竹子和樹林圍繞著，寂靜冷落沒有旁人，這樣的環境使人感到心情淒涼，寒氣透骨，幽靜深遠，瀰漫著憂傷的氣息。因為這裡的環境過於悽清，不可以長時間停留，於是把當時的情景記下來便離開了。
同遊者：吳武陵，龔古，余弟宗玄。隸而從者，崔氏二小生：曰恕己，曰奉壹。	同去遊玩的人：吳武陵、龔古、我的弟弟宗玄。做隨從跟著來的人，有兩個姓崔的年輕人：一個叫恕己，一個叫奉壹。

心智圖

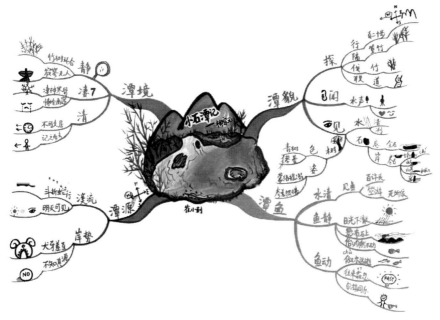

繪者：崔小刺

導圖解析

　　這篇散文是作者柳宗元被貶永州後的作品。政治上的失意，使他寄情於山水，並透過對景物的具體描寫，抒發自己被貶後憂傷悽苦的思想感情，成為後世寫作山水遊記的楷模。這篇散文生動地描寫出了小石潭環境的幽美和靜穆，語言簡練、生動，景物刻劃細膩、逼真，全篇充滿了詩情畫意，表現了作者高超的寫作技巧。導圖的中心圖，繪製了一幅在山下被竹子環繞著的一汪潭水圖，來表現全文主題。

　　散文主體內容分為四個部分，導圖用四個大綱主幹展示。

　　第一部分：潭貌。初見小石潭，一汪清水展現在眼前，大綱主幹遂選取藍色為主色調來繪製。根據原作者所採用的「移步換景」手法，在移動變換中引導讀者去領略「探訪、聽聞、眼見」小石潭的全過程，具有極強的動態畫面感。「探」潭，用四個動作——行、隔、伐、取——展現了探訪的全過程。「聞」水聲，如鳴珮環，心樂之，用兩個圖像語言表達。「探、聞」之後，小石潭現身了。關鍵詞「見」，見水、見石、見樹，用圖文一一描述樣貌。至此，小石潭的初貌展示在讀者眼中。

　　第二部分：潭魚。作者描寫潭中魚，採用的是虛實結合、動靜相宜的描寫手法，實寫魚動、魚靜，虛指水清、水靜。這裡分別從「**水清**」、「**魚靜**」、「**魚動**」三個分支描繪文章第二部分。水清，表現在「可見魚百許頭，皆若空游無所依」。魚靜，分別用「日光下澈」、「影布石上」、「怡然不動」三個關鍵詞以及圖像語言來展示。魚動，分別用「俶爾遠逝」、「往來翕忽」、「似與遊者相樂」三個關鍵句以及圖像語言來展示。賞魚，是全文比較有趣味性和細節描寫的部分，魚的顏色在潭中一定也很耀眼，大綱主幹遂選取**橙色**來繪製。

　　第三部分：潭源。尋潭望源，看到流過來的溪水以及兩岸樣貌，以「**溪流**」、「**岸勢**」兩個分支展開。「**溪流**」：作者以「**斗折蛇行**」來比喻「溪流」

的樣子，圖中分別畫了北斗七星、蛇的圖像來幫助理解；作者以「明滅可見」來描述溪流的形態，圖中用了太陽、月亮和眼睛的圖像來輔助記憶。「岸勢」：犬牙差互，不知其源，圖中分別畫了展示著牙齒的小狗頭以及 No 的標誌來表示。尋源望去，一條碧水，還有周邊青山、綠竹，圖中遂選擇了綠色作為主色調來繪製。

　　第四個部分：潭境。這一段情景交融，以景襯情，以情寫景。潭境，從三個方面展現：**環境、情境、心境**。「竹樹環合，寂寥無人」突出環境之「靜」；「淒神寒骨，悄愴幽邃」突出情景之「淒」；「不可久居，記之而去」突出心境之「情」。圖中分別在關鍵詞後輔助圖像記憶。

　　文章的最後，作者記錄了同遊者姓名，因不是文章主題內容，所以選擇沒有展示。這幅導圖，緊貼原文的描寫順序與核心內容，邏輯清晰地展示了全文的精要部分，每個關鍵詞後都配以圖像語言，這是全圖的亮點部分。

<u>文脈梳理</u>

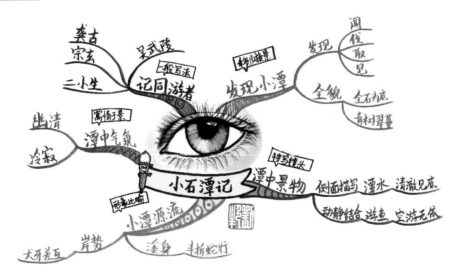

153

知識清單

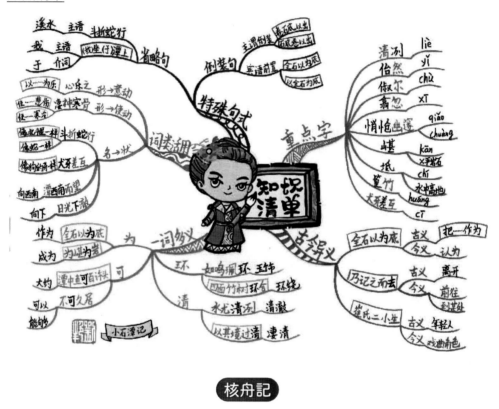

核舟記

〔作者〕魏學洢 〔朝代〕明朝

文題解讀

「核舟」指用核桃雕刻成的小船。題目點明本文的寫作對象。

經典原文	參考譯文
明有奇巧人曰王叔遠，能以徑寸之木，為宮室、器皿、人物，以至鳥獸、木石，罔不因勢象形，各具情態。嘗貽余核舟一，蓋大蘇泛赤壁云。	明朝有一個手藝奇妙精巧的人叫王叔遠。他能夠用直徑一寸的木頭，雕刻出宮殿、器具、人物，以至於飛鳥走獸、樹木石頭，無不按照材料原來的形狀刻成各種事物的形象，各有各的情態。他曾經送給我一個用桃核雕刻成的小船，刻的應當是蘇軾遊赤壁的情景。
舟首尾長約八分有奇，高可二黍許。中軒敞者為艙，篛篷覆之。旁開小窗，左右各四，共八扇。啟窗而觀，雕欄相望焉。閉之，則右刻「山高月小，水落石出」，左刻「清風徐來，水波不興」，石青糝之。	船頭到船尾大約長八分多一點，約有兩個黃米粒那麼高。中間高起而寬敞的部分是船艙，用篛竹葉做的船篷覆蓋著它。旁邊有小窗，左右各四扇，一共八扇。開啟窗戶來看，雕刻著花紋的欄桿左右相對。關上窗戶，就看到右邊刻著「山高月小，水落石出」，左邊刻著「清風徐來，水波不興」，用石青塗刻在字的凹處。
船頭坐三人，中峨冠而多髯者為東坡，佛印居右，魯直居左。蘇、黃共閱一手卷。東坡右手執卷端，左手撫魯直背。魯直左手執卷末，右手指卷，如有所語。東坡現右足，魯直現左足，各微側，其兩膝相比者，各隱卷底衣褶中。佛印絕類彌勒，袒胸露乳，矯首昂視，神情與蘇、黃不屬。臥右膝，詘右臂支船，而豎其左膝，左臂掛念珠倚之 —— 珠可歷歷數也。	船頭坐著三個人，中間戴著高高的帽子，兩腮長著濃密的鬍鬚的人是蘇軾（蘇東坡），佛印（一個和尚）在右邊，魯直（黃庭堅）在左邊。蘇東坡、魯直一起看一幅橫幅的書畫手卷。蘇東坡用右手拿著卷的右端，左手撫著魯直的背。魯直左手拿著卷的左端，右手指著手卷，好像在說些什麼。蘇東坡露出右腳，魯直露出左腳，各自略微側轉身子，他們的互相靠近的兩膝，各自隱藏在手卷下面的衣褶裡。佛印極像彌勒佛，袒胸露乳，抬頭仰望，神情和蘇東坡、魯直不相類似。佛印臥倒右膝，彎曲右臂支撐在船上，並且豎起他的左膝，左臂掛著念珠靠在左膝上 —— 念珠可以清清楚楚地數出來。

舟尾橫臥一楫。楫左右舟子各一人。居右者椎髻仰面，左手倚一衡木，右手攀右趾，若嘯呼狀。居左者右手執蒲葵扇，左手撫爐，爐上有壺，其人視端容寂，若聽茶聲然。

其船背稍夷，則題名其上，文曰：「天啟壬戌秋日，虞山王毅叔遠甫刻」，細若蚊足，鉤畫了了，其色墨。又用篆章一，文曰「初平山人」，其色丹。

通計一舟，為人五；為窗八；為箬篷，為楫，為爐，為壺，為手卷，為念珠各一；對聯、題名並篆文，為字共三十有四。而計其長曾不盈寸。蓋簡桃核修狹者為之。嘻，技亦靈怪矣哉！

船尾橫放著一支船槳。船槳的左右兩邊各有一個撐船的人。在右邊的撐船者梳著椎形髮髻，仰著臉，左手靠在一根橫木上，右手扳著右腳趾，好像在大聲呼喊的樣子。在左邊的人右手拿著蒲葵扇，左手撫著火爐，爐上有個水壺，那個人眼睛正視著茶爐，神色平靜，好像在聽茶水有沒有燒開的樣子。

船的背面較平，作者就在它上面刻字，文字是「天啟壬戌秋日，虞山王毅叔遠甫刻」，筆畫細小得像蚊子的腳，一筆一畫清清楚楚，它的顏色是黑的。還刻著一枚篆書圖章，文字是：「初平山人」，它的顏色是紅的。

總計一條船，刻了五個人、八扇窗戶；箬竹葉做的船篷、船槳、爐子、茶壺、手卷、念珠各一件；對聯、題名和篆文，文字共計三十四個。可是計算它的長度，還不滿一寸。原來是挑選了一個長而窄的桃核刻成的。啊，技藝也真靈巧奇妙啊！

心智圖

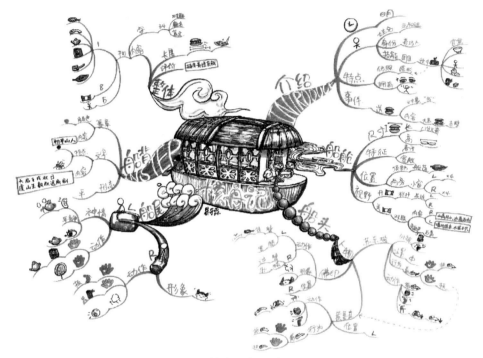

繪者：朱子霖

導圖解析

　　這幅導圖分析的是魏學洢的〈核舟記〉。整幅心智圖分為**介紹**、**船艙**、**船頭**、**船尾**、**船背**、**整體**六個部分，按照文章描寫順序，拆分船隻各部位進行詳細說明。

　　第一部分：介紹。介紹王叔遠在雕刻技術上的卓越成就，指出「核舟」的主題：大蘇泛赤壁，屬於總說部分。其中「**奇巧**」一詞是文眼，突出其雕刻技藝的高超。「**徑寸**」說明雕刻材料之微小，「**為宮室**」等說明了雕刻內容之豐富。

　　船艙部分描寫了其尺寸、特徵、位置、視野，更全面直觀地向讀者展現其樣貌。視野部分「啟」和「閉」，也就是開和關，暗示著窗戶是可以活動的，能在這麼小的核舟上刻出可以活動的窗戶，足見雕刻技藝的「奇巧」。關上窗看到右邊刻著的對聯，引用了〈赤壁賦〉、〈後赤壁賦〉中的句子，與大蘇泛赤壁的情景相合，暗示核舟的內容主題，增添了濃厚的藝術情趣。

　　船頭部分描寫了船頭三位主角：**蘇東坡、黃魯直和佛印**的外貌與動作神態各不相同。「中」、「右」、「左」三個方位詞分別交代船頭三個人物的位置，突出蘇軾的主人地位，**緊扣大蘇泛赤壁的主題**。用抬頭仰望的小圖示表示佛印「矯首昂視」的神情，表現出他**灑脫不羈**的特點。「與蘇、黃不屬」，不但豐富了畫面的表現力，也說明了王叔遠「**因勢象形，各具情態**」的精湛技藝。

　　船尾部分透過直接畫出的**船槳**作為分支，以舟子的位置進行展開，描繪船尾舟子二人的動作形象。兩個舟子神情各異，一個「若呼嘯狀」，彷彿在那裡大聲喊叫，顯得悠閒自在；一個「視端容寂」，彷彿在專注聽「茶聲」。一動一靜，相映成趣，渲染出一種愉悅、輕鬆、自樂的氛圍。

　　船背部分，說明了**船背**的形態樣式。這部分是略寫，只介紹了**題款**和**篆章**。刻字筆畫工整，線條清晰；著色紅黑相襯，整個「核舟」色彩協調，展現出雕刻者一絲不苟的創作態度。

　　整體部分，總括全文，統計舟上所刻的人、窗及其他物品的數量和刻字的總數、呼應開頭。本幅心智圖第三、四、五部分依次具體描繪**船頭、船尾、船背**，以船頭三人和船尾二人的雕像為主，五人雕像又以船頭的蘇、黃、佛印三人為主，而此三人又以蘇軾為主。這樣就緊扣住雕刻本身所反映的大蘇泛赤壁的主題，層次井然，中心突出。圖中繪有多處小圖示，直觀展現位置、**形象、物品**等詞彙特徵，例如，藍色手掌代表左手，紅色手掌代表右手，方便大家更直接地感受到文章所要傳達的物體形象，多彩的視覺效果以及圖案搭配更容易加深印象，有利於記憶。

文脈梳理

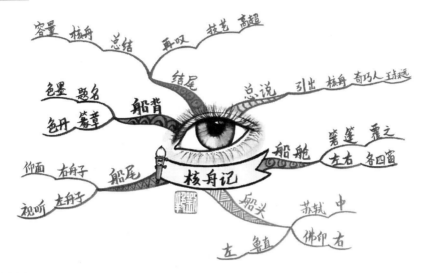

知識清單

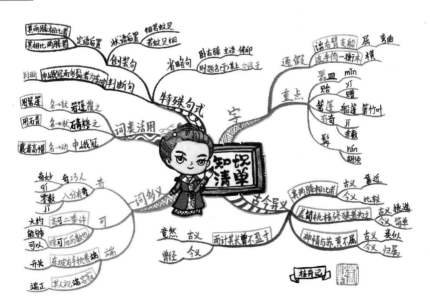

〔作者〕韓愈　〔朝代〕唐朝

文題解讀

「說」，古代的一種文體；「馬說」，即談馬、論馬。題目點明本文論述的內容。

經典原文	參考譯文
世有伯樂，然後有千里馬。千里馬常有，而伯樂不常有。故雖有名馬，祇辱於奴隸人之手，駢死於槽櫪之間，不以千里稱也。 馬之千里者，一食或盡粟一石。食馬者不知其能千里而食也。是馬也，雖有千里之能，食不飽，力不足，才美不外見，且欲與常馬等不可得，安求其能千里也？ 策之不以其道，食之不能盡其材，鳴之而不能通其意，執策而臨之，曰：「天下無馬！」嗚呼！其真無馬邪？其真不知馬也！	世上有了伯樂，然後才有千里馬。千里馬是經常有的，可是伯樂卻不經常有。因此，即使是很名貴的馬，也只能在僕役的手下受到屈辱，和普通馬一同死在馬廄裡，不能獲得千里馬的稱號。 日行千里的馬，一頓有時能吃下一石糧食。餵馬的人不懂得要根據牠日行千里的本領來餵養牠。這樣的馬，雖有日行千里的才能，卻吃不飽，力氣不足，牠的才能和美好的素質也就表現不出來，想要跟普通的馬相等尚且辦不到，又怎麼能要求牠日行千里呢？ 鞭打牠不按正確的方法，餵養牠卻不足以使牠充分發揮自己的才能，聽牠嘶叫卻不懂得牠的意思，反而拿著鞭子站在它面前說：「天下沒有千里馬！」唉！真的沒有千里馬嗎？其實是他們真不識得千里馬啊！

心智圖

繪者：張莉娟

導圖解析

　　本文以馬為喻，**暗指人才問題**。中心圖我畫了一匹馬，這匹馬前蹄抬起，有奔跑之意，暗喻這是匹**千里馬**。

　　本文共分為三個階段，分別闡述了伯樂對於千里馬的重要性，分析了千里馬被埋沒的原因，最後從食馬者**愚妄**的角度論述了不識千里馬只因無伯樂的觀點。

　　為更容易理解和記憶這篇文章，我們可以從五個部分進行細分：

　　第一部分提出觀點：世上因為有了伯樂，然後才有千里馬，但千里馬常有，伯樂卻很少見。

　　第二部分，透過闡述千里馬的**悲慘遭遇**，論述伯樂對於千里馬的重要

性。因為伯樂不常有，千里馬不被識，所以即使是很名貴的馬，也只能在奴僕的手下遭受屈辱，和普通馬一起死在馬廄中，而不能以千里馬著稱。

第三部分，分析造成千里馬悲慘遭遇的原因。作為千里馬，牠有時一次能吃下一石糧食，但餵馬者卻不知道要根據牠的本領來餵養（根本原因）牠，造成千里馬吃不飽，力氣不足，才能和美好的素質表現不出來（直接原因）。結果導致牠奔跑的速度都不如普通馬，又怎麼能以千里馬著稱呢？

第四部分，進一步闡述食馬者種種愚妄的表現。因為不認識千里馬，用馬鞭驅趕牠，不能按照（驅趕千里馬的）正確方法去餵養牠，也不能讓牠竭盡才能；牠鳴叫也不理解牠的意思，反而拿著鞭子站在牠面前感嘆：「天下沒有千里馬！」

第五部分論述主旨，發出感嘆：世上不是沒有千里馬，只因沒有伯樂，無人知馬。

文脈梳理

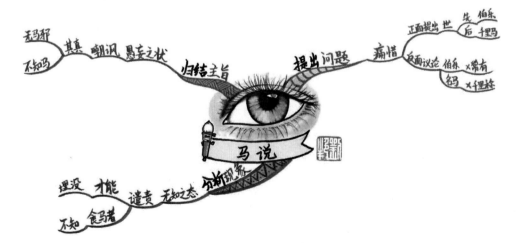

知識清單

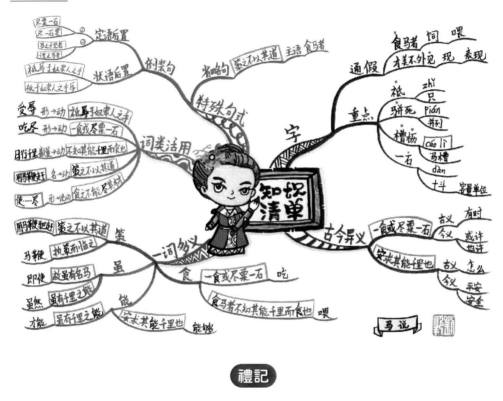

禮記

〔朝代〕西漢

雖有嘉餚

文題解讀

嘉餚，即美味的菜餚。以生活中常見的事物引出文章說明的道理，淺顯易懂。

經典原文	參考譯文
雖有嘉餚，弗食，不知其旨也；雖有至道，弗學，不知其善也。是故學然後知不足，教然後知困。知不足，然後能自反也；知困，然後能自強也。故曰：教學相長也。〈兌命〉曰「學學半」，其此之謂乎！	即使有美味的菜，不去品嘗，就不知道它的味美；即使有最好的道理，不去學習，就不知道它的好處。所以，學習之後才知道不足，教人之後才知道自己的困惑。知道了自己的不足，然後就能自我反思；知道了自己的困惑，然後才能自我勉勵。所以說：教和學是互相推動、互相促進的。〈兌命〉說「教別人，占自己學習的一半」，大概說的就是這個道理吧！

心智圖

繪者：徐蒙偉

導圖解析

　　這幅導圖透過「類比」、「對舉」、「引用」的手法作為大綱主幹的文字，劃分文章的各個部分。文章先以「雖有嘉餚，弗食，不知其旨也」類比，引出「雖有至道，弗學，不知其善也」；然後將教與學兩個方面**對舉**，總結出它們之間的內在關係，得出「**教學相長**」這一結論；最後**引用名言**，再次從道理上論證「教學相長」這一觀點。

　　圖示的創意方面，在「至道」旁邊畫了「鑽石」的圖示。「至道」的意思是「最好的道理」，「最好」想到了**鑽石**，鑽石本身是非常珍貴的。不知道你會有什麼創意呢？在做圖示聯想的時候，我們可以選在自己的腦海裡第一個出現的東西。

　　「教學相長」特意放在了文字框內，因為這是**本文的主題**，特別重要。文字框可以造成提示重點的作用。

　　最後的「學學半」、「兌命」都放在了「書籍」的圖示內。「學學半」也造成了**點明主題**的作用，而且本身就是寫在書上的內容，所以畫到了圖示內。而「兌命」本身就是一本書，所以就做了相同的處理。

大道之行也

文題解讀

　　大道，指儒家推崇的上古時代的政治制度。這種制度是怎樣的？施行「大道」之後社會會變成什麼樣？讓讀者充滿了好奇，吸引讀者讀下去。

經典原文	參考譯文
大道之行也，天下為公。選賢與能，講信修睦。故人不獨親其親，不獨子其子，使老有所終，壯有所用，幼有所長，矜、寡、孤、獨、廢疾者皆有所養，男有分，女有歸。貨惡其棄於地也，不必藏於己；力惡其不出於身也，不必為己。是故謀閉而不興，盜竊亂賊而不作，故外戶而不閉。是謂大同。	在大道施行的時候，天下是公共的。選拔推舉品德高尚、有才幹的人，人們講求誠信，培養和睦氣氛。因此人們不只是敬愛自己的父母，不只是疼愛自己的子女，要使老年人有終老的保障，中年人能夠發揮自己的才能，為社會效力，幼童能順利成長，使老而無妻的人、老而無夫的人、幼年喪父的孩子、老而無子的人、有殘疾而不能做事的人都能得到供養，男子要有職守，女子要及時婚配。財物，厭惡它把它扔在地上，不是一定要據為己有；力氣，厭惡它不出於自己，但願意多出力並不是為了自己的私利。因此，圖謀之心閉塞而不會興起，盜竊、作亂害人不會興起，所以家家戶戶門從外面帶上，而不從裡面閂上。這就是理想社會。

心智圖

繪者：徐蒙偉

導圖解析

　　根據全文的內容，我在中心圖部分畫了一位年輕人送食物給一位老者，點明「**故人不獨親其親，不獨子其子，使老有所終**」的主題。

　　第一部分：文章首先對「大同」社會進行綱領性的說明，主要包括三點：「**天下為公**」，是說政權屬於社會的全體成員；「**選賢與能**」，是說應選拔德才兼備的人來擔任社會管理者；「**講信修睦**」，是說社會成員間應該建立良好的關係，要講求誠信，崇尚和睦。

　　第二部分：從三個方面敘述「大同」社會的基本特徵，分別概括為人、貨、力。在「人」的分支內細化分類，以便更好地記憶，「人不獨親其親，不獨子其子」用了**愛心**這一圖示進行概括說明，這展現的是人與人之間的愛；「老有所終，壯有所用，幼有所長」是從三個年齡層講人人都能安居樂業，所

以用了 V 的圖示來表明目標都能達成；「矜、寡、孤、獨皆有所養」是講**弱勢群體**都能得到供養，供養想到了房子，所以這裡用了房子進行概括。最後從性別對人群進行分類，講「男有分」、「女有歸」。「**貨**」和「**力**」兩方面的敘述層次比較簡單，就是從兩方面出發，講憎惡的行為與正確的出發點。

第三部分：將現實社會與「大同」社會進行對比，指出了現實社會中的諸多黑暗現象。點名「外戶而不閉」是「大同」社會的總體特徵。

第四部分：總括並說明何為「大同」。提起「大同」社會想到了**和諧**，進而想到了中國結，因為中國結的寓意有同心、團圓、美滿之意。

文脈梳理

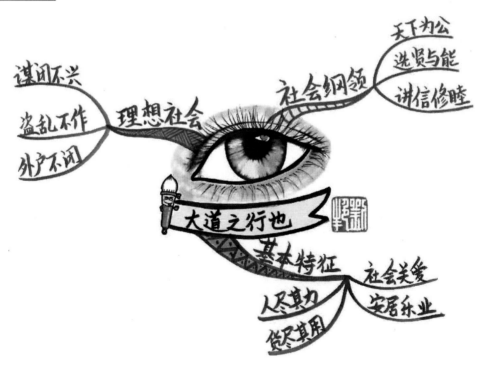

知識清單

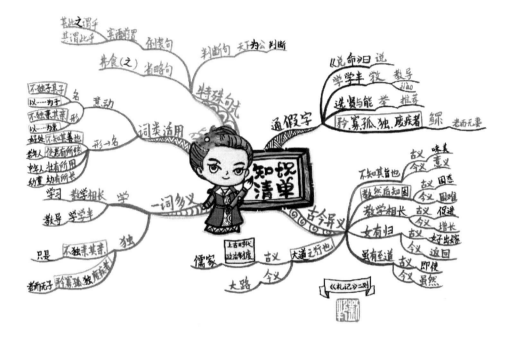

九年級
上冊

岳陽樓記

〔作者〕范仲淹 〔朝代〕北宋

文題解讀

岳陽樓，湖南岳陽西門城樓，扼長江，臨洞庭。最早是三國時吳國都督魯肅訓練水師時構築的閱兵臺。唐開元四年（西元 716 年）在閱兵臺舊址建樓。唐宋以來此樓多次重修。「記」是古代的一種文體。標題簡潔明瞭，交代了本文的體裁和寫作對象。

經典原文	參考譯文
慶曆四年春，滕子京謫守巴陵郡。越明年，政通人和，百廢具興，乃重修岳陽樓，增其舊制，刻唐賢今人詩賦於其上，屬予作文以記之。	慶曆四年的春天，滕子京被貶為巴陵太守。到了第二年，政事順利，百姓安居樂業，各種荒廢了的事業都興辦起來了。於是重新修建岳陽樓，擴增它舊有的規模，把唐代名家和今人的詩賦刻在上面，囑託我寫一篇文章來記述這件事。

予觀夫巴陵勝狀，在洞庭一湖。銜遠山，吞長江，浩浩湯湯，橫無際涯，朝暉夕陰，氣象萬千，此則岳陽樓之大觀也，前人之述備矣。然則北通巫峽，南極瀟湘，遷客騷人，多會於此，覽物之情，得無異乎？

若夫霪雨霏霏，連月不開，陰風怒號，濁浪排空，日星隱耀，山岳潛形，商旅不行，檣傾楫摧，薄暮冥冥，虎嘯猿啼。登斯樓也，則有去國懷鄉，憂讒畏譏，滿目蕭然，感極而悲者矣。

至若春和景明，波瀾不驚，上下天光，一碧萬頃，沙鷗翔集，錦鱗游泳，岸芷汀蘭，鬱鬱青青。而或長煙一空，皓月千里，浮光躍金，靜影沉璧，漁歌互答，此樂何極！登斯樓也，則有心曠神怡，寵辱偕忘，把酒臨風，其喜洋洋者矣。

我看那巴陵郡的美好景色，全在洞庭一湖。它連線著遠方的山脈，吞吐著長江的水流，浩浩蕩蕩，寬廣無邊；早晴晚陰，氣象萬千，這是岳陽樓盛大壯觀的景象，前人的描述已經很詳盡了。然而北面通向巫峽，南面直到瀟湘，被貶的政客和詩人，大多在這裡聚會，看了自然景物而觸發的感情，大概會有不同吧？

有時陰雨連綿，接連幾個月不放晴，陰冷的風怒吼，渾濁的浪衝向天空，太陽和星辰都隱藏起了光輝，山岳也隱沒了形體；商人旅客不能前行，桅桿倒下，船槳斷折；傍晚的天色暗下來了，虎在咆哮猿在悲啼。這時登上這座樓啊，就會產生被貶離京、懷念家鄉、擔心誹謗、害怕譏諷的情懷，會覺得滿眼蕭條景象，感慨到極點而悲傷了啊。

到了春風和煦、陽光明媚的時候，湖面平靜，沒有驚濤駭浪，天色湖光相連，萬里碧綠；沙洲上的鷗鳥時而飛翔，時而停歇，五彩的魚兒在水中暢遊；岸上與洲上的白芷、蘭花，茂盛並且青綠。偶爾或許大霧完全消散，皎潔的月光一瀉千里，照在湖面上，浮動的光像跳動的金子。月影映入水底，像沉潛的玉璧，漁夫的歌聲在你唱我和，這樣的樂趣真是無窮無盡！這時登上這座樓啊，就會感到胸懷開闊，精神爽快，光榮和屈辱都被遺忘了，端著酒杯，吹著微風，那是喜洋洋的歡樂啊。

| 嗟夫！予嘗求古仁人之心，或異二者之為，何哉？不以物喜，不以己悲，居廟堂之高則憂其民，處江湖之遠則憂其君。是進亦憂，退亦憂。然則何時而樂耶？其必曰：「先天下之憂而憂，後天下之樂而樂」乎！噫！微斯人，吾誰與歸？時六年九月十五日。 | 唉！我曾經探求古代品德高尚的人們的心思，或許不同於以上這兩種表現，為什麼呢？是由於不因為外界環境的好壞或喜或憂，也不因為自己心情的好壞或樂或悲，處在高高的廟堂上（在朝），則為平民百姓憂慮；處在荒遠的江湖中（被貶），則替君主擔憂。這樣他們進朝為官也憂慮，退居江湖為民也憂慮。那麼什麼時候才快樂呢？他大概一定會說：「比天下人憂慮在前，比天下人享樂在後」吧。啊！如果沒有這樣的人，我和誰志同道合呢？寫於慶曆六年九月十五日。 |

心智圖

繪者：陳虹宇

導圖解析

　　這幅導圖分析的是范仲淹的〈岳陽樓記〉，中心圖是千古名樓 —— 岳陽樓。

　　第一部分：**樓**。大綱主幹就畫了這兩棟建築，而內容部分，主要分為**背景、室內、戶外**。背景包含了修建的時間、修建的領導人、岳陽樓的位置、巴陵郡當時的社會情形。室內的裝飾是「唐賢今人詩賦」。戶外的風景則主要是**洞庭湖**。作者描寫洞庭湖是從這幾個方面入手：洞庭湖的**氣勢、天氣、地理位置、來這裡的人**。首先是湖的氣勢。「**銜遠山，吞長江，浩浩湯湯，橫無際涯。**」這裡為了保證並列分支字數盡可能一致，所以把銜遠山、吞長江形象化，用圖像語言來代替文字。其次是天氣，「**朝暉夕陰，氣象萬千**」。然後是地理位置，N 是英文北方的縮寫，S 是南方的縮寫。最後是來這裡的人。

　　第二部分：**陰**。即陰雲密布的岳陽樓。陰天，很自然就會讓人聯想到電閃雷鳴，風雨交加，所以畫了一個**閃電俠**。這個部分沒有按照原文的順序來展開，而是把原文的大量四字詞語按照描寫的內容重新整合分類，所以在每個四字詞語後面都加上了序號，序號的順序則是原文的**順序**。這樣做的目的不是為了增加難度，而是展現了心智圖的一個特點 —— 不僅要劃分原文層次，還要進行知識的**歸類整合**。

　　把陰天的岳陽樓分成了四個部分：連綿不絕的**雨**、若隱若現的**光**、白浪滔天的**江**、觸景而生的**情**。首先是雨，「**霪雨霏霏**」和「**連月不開**」都是描寫雨的連綿不絕，延續時間長，所以是**並列關係**；其次是光，「**日星隱耀，山岳潛形**」都用了圖像來表達，「**薄霧冥冥，虎嘯猿啼**」的意思是，傍晚天色昏暗，虎在長嘯，猿在悲啼，所以這兩個詞之間是**遞進關係**；然後是江；最後是心境，在這種環境中，心中生發的都是悲傷之情，所以在情的後面又畫了一個**哭臉**，然後再具體寫出了會有哪些情。

173

第三部分：晴。即晴空萬里下的岳陽樓。這個部分和上一個部分的分類有相似之處。把它分為了光、**物**、**夜**、**情**、**人**五個部分。「光」這部分是波光粼粼的洞庭湖；「物」這部分是動物和植物，動物有「沙鷗翔集，錦鱗游泳」，植物則是「岸芷汀蘭，鬱鬱青青」；夜這部分，「長煙一空」和「皓月千里」是**遞進關係**，先是煙霧散開，然後才能看見「皓月千里」，有了「皓月千里」，才有「浮光躍金，靜影沉璧」，所以「浮光躍金」和「靜影沉璧」之間是並列關係，但和皓月千里則是**遞進關係**。

第四部分：志。即范仲淹的志向。雖然他在文中說這是古仁人的志向，但其實這也是他自己的志向。在這個部分，並沒有按照文章的順序和邏輯來展開，而是分成了**憂**和**樂**，憂國憂民，「**先天下之憂而憂**」，樂則只有「**後天下之樂而樂**」。從分支數量上很明顯看出，「憂」的比重大於「樂」，作者的人生觀、價值觀一目了然。

文脈梳理

知識清單

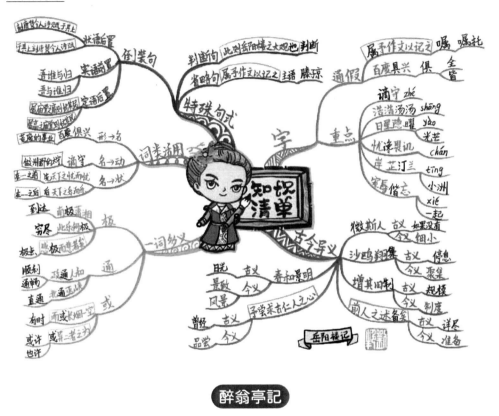

醉翁亭記

〔作者〕歐陽修　〔朝代〕北宋

文題解讀

「醉翁亭」在今安徽省滁州市西南的琅琊山中，原是琅琊寺僧人智仙建造的。歐陽修被貶為太守期間，寄情山水，常在此亭宴飲，於是自號「醉翁」，並以「醉翁」這個亭子命名。「醉翁亭」點明本文的寫作對象，「記」交代了文體。

經典原文	參考譯文
環滁皆山也。其西南諸峰，林壑尤美，望之蔚然而深秀者，琅琊也。山行六七里，漸聞水聲潺潺，而瀉出於兩峰之間者，釀泉也。峰迴路轉，有亭翼然臨於泉上者，醉翁亭也。作亭者誰？山之僧智仙也。名之者誰？太守自謂也。太守與客來飲於此，飲少輒醉，而年又最高，故自號曰醉翁也。醉翁之意不在酒，在乎山水之間也。山水之樂，得之心而寓之酒也。	滁州城的四面都是山。它西南方向的山巒，樹林和山谷尤其優美，遠遠看去樹木茂盛、幽深秀麗的，是琅琊山啊。沿著山路走六七里，漸漸地聽到潺潺的水聲，又看到一股水流從兩山之間飛淌下來的，是釀泉啊。山勢迴環，道路彎轉，有一個亭子四角翹起像鳥張開翅膀一樣高踞於泉水之上的，是醉翁亭。造亭的人是誰？是山裡的和尚智仙啊。給它起名的是誰？是太守用自己的別號稱它的。太守和賓客來這裡飲酒，喝一點就醉了，而年齡又最大，所以給自己起了個別號叫「醉翁」。醉翁的心意不在酒上，而在山光水色中。遊賞山水的樂趣，有感於心而寄託在酒上罷了。
若夫日出而林霏開，雲歸而巖穴暝，晦明變化者，山間之朝暮也。野芳發而幽香，佳木秀而繁陰，風霜高潔，水落而石出者，山間之四時也。朝而往，暮而歸，四時之景不同，而樂亦無窮也。	要說那太陽出來而林間的霧氣散了，煙雲聚攏而山谷洞穴昏暗了，這明暗交替變化的景象，就是山中的早晨和晚上。野花開放而散發出幽微的香氣，美麗的樹木枝繁葉茂，形成一片濃蔭，秋風浩浩，天氣晴好，霜露潔白，水流減少，石頭裸露，這是山中的四季景色。

至於負者歌於途，行者休於樹，前者呼，後者應，傴僂提攜，往來而不絕者，滁人遊也。臨溪而漁，溪深而魚肥，釀泉為酒，泉香而酒冽，山餚野蔌，雜然而前陳者，太守宴也。宴酣之樂，非絲非竹，射者中，弈者勝，觥籌交錯，起坐而喧譁者，眾賓歡也。蒼顏白髮，頹然乎其間者，太守醉也。

已而夕陽在山，人影散亂，太守歸而賓客從也。樹林陰翳，鳴聲上下，遊人去而禽鳥樂也。然而禽鳥知山林之樂，而不知人之樂；人知從太守遊而樂，而不知太守之樂其樂也。醉能同其樂，醒能述以文者，太守也。太守謂誰？廬陵歐陽修也。

早晨上山，傍晚返回，四季的景色不同，而那快樂也是無窮無盡的。至於揹著東西的人在路上歌唱，走路的人在樹下休息，前面的呼喊，後面的應答，老人彎著腰，小孩由大人抱著領著，來來往往，絡繹不絕的，是滁州人們的出遊啊。到溪邊來釣魚，溪水深魚兒肥；用泉水來釀酒，泉水甜酒水清，山上野味菜蔬，雜七雜八擺放在面前的，這是太守的酒宴啊。酒宴上的樂趣，沒有管絃樂器助興，投壺的投中了，下棋的下贏了，酒杯和酒籌雜亂交錯，起來坐下大聲喧譁，是眾位賓客快樂的樣子。臉色蒼老，頭髮花白，醉醺醺地坐在人群中間，這是太守喝醉了。

不久夕陽落到西山上，人的影子散亂一地，是太守回去，賓客跟從啊。樹林茂密蔭庇，上下一片叫聲，是遊人走後鳥兒在歡唱啊。然而鳥兒只知道山林的樂趣，卻不知道遊人的樂趣；遊人知道跟著太守遊玩的樂趣，卻不知道太守以他們的快樂為快樂啊。醉了能和他們一起快樂，酒醒後能寫文章記述這事的，是太守啊。太守是誰？就是廬陵人歐陽修啊。

心智圖

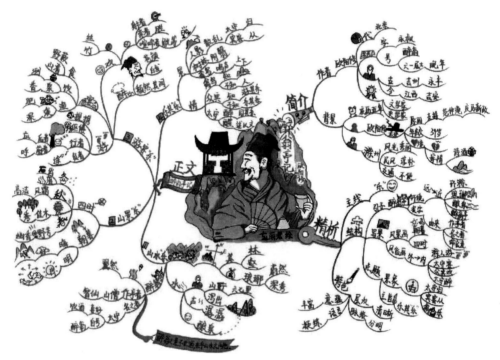

繪者：趙麗君

導圖解析

　　〈醉翁亭記〉裡有一句名言：「醉翁之意不在酒，在乎山水之間也」。所以中心圖畫了蔚然深秀的**琅琊山**、絲竹不及的**釀泉**、流連忘返的**醉翁亭**，還有自稱醉翁的**歐陽修**，雖被貶其間，仍怡然自樂，遊哉優哉！

　　整幅心智圖分為三個部分：**簡介、精析、正文**。

　　第一部分：簡介。簡介的主幹運用了**喇叭形狀**的創意圖形，提醒大家注意聽。簡介的分支有兩個，一個是**作者**，一個是此文的**創作背景**。

　　第二部分：精析。精析的主幹運用了**鑰匙形狀**的創意圖形，代表是解析文章的關鍵部分。

　　精析的分支分為主線、結構和寫作特色三個方面，主線就是：樂，文章裡很多處提到了樂，比如，禽鳥樂、遊其樂、樂其樂。結構部分，分為引子、寫景和點題。本文的寫作特色是層次清晰、脈絡分明、語言凝練、意蘊豐富。

　　第三部分：正文。為了便於記憶，我們圍繞「樂」把記憶結構分成了四個部分 —— 山水樂、山景樂、遊宴樂、樂其樂。

　　山水樂：依照文章順序，先山後水再醉翁亭。環滁皆山、西南諸峰，用了圖像表示，最突出的是琅琊山，所以標註了一個第一名的金牌符號。水的分支分成了三個部分：位置、聲音、名稱。位置用符號表示，山行的「行」用圖文結合的形式，展現行走的樂趣；水聲潺潺，畫出了水的聲音；名稱用笑臉符號，表示作者對釀泉的喜悅之情。

　　山景樂：山間的景色分成朝暮和四時。朝暮：「朝而往，暮而歸」，分別用箭頭表示，明：「日出而林霏開」，「日出」以圖文結合，「林霏」是雲霧的意思，四處分散的箭頭表示開；晦：「雲歸而巖穴暝」，「雲歸」以圖文結合，「巖穴暝」用了灰色，表示暝的視覺感受。四時：雖然文章裡沒有出現春夏秋冬四個字，但是我們根據文章內容可以判斷出來，加在四時的後面，會更加清晰明瞭，並且每個字都用了藝術字的形式，能夠感受到四個季節的明顯變化和情趣。

　　遊宴樂：滁人遊、太守宴、眾賓歡、太守醉，用了遊、宴、歡、醉來表達。遊，畫了一對小腳丫。「負者歌於途」，歌用音樂符號；「行者休於樹」，一個人在樹下休息；「前者呼，後者應」，「傴僂」是老人的意思，畫了拄拐彎腰的老人，「提攜」是孩子的意思，畫了一個寶寶。宴：桌子上擺滿了碗碟筷，漁、飲、食是根據內容總結出來的，漁：「溪深魚肥」，飲：「泉香酒冽」，食：「山餚野蔌」。歡：歡樂的表情，非和是分別用圖示表示，「非絲非

竹」，都在做什麼呢？「射者中」，中是射中靶心，「弈者勝」。喧譁者「觥
籌交錯」，觥籌是酒杯，「觥籌交錯」是酒杯碰撞的樣子。醉：喝醉的符號，
如倒下的酒杯，頭暈眼冒星星。太守的樣子是蒼顏白髮，神情是頹然。

　　樂其樂：從景色和情感兩個部分分析，景：「夕陽西下」；「人影散亂」，「太
守歸，賓客從」；「樹林陰翳」；禽鳥鳴聲上下。情：「禽鳥知山水樂，不知人
之樂」；眾賓知「從太守遊而樂，而不知太守之樂其樂也」；太守醉同其樂，
醒述以文。太守謂誰？廬陵歐陽修也。

文脈梳理

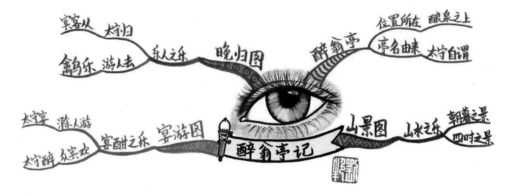

<u>知識清單</u>

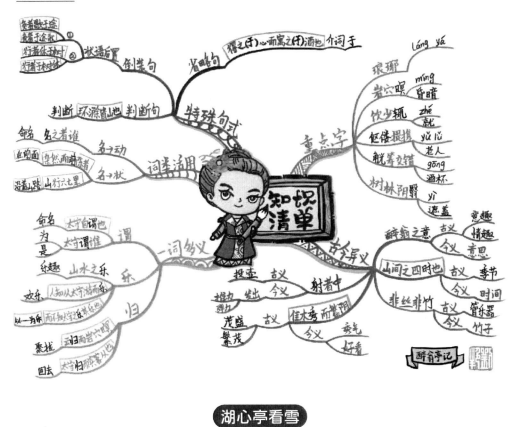

湖心亭看雪

〔作者〕張岱　〔朝代〕明末清初

文題解讀

　　湖心亭，在杭州西湖的一個小島上，是賞雪的地點。「看」是欣賞、觀賞的意思。「看雪」點明事件。文題簡潔、明瞭，表明了文章的主要內容。

經典原文	參考譯文
崇禎五年十二月，余住西湖。大雪三日，湖中人鳥聲俱絕。是日更定矣，余拏一小舟，擁毳衣爐火，獨往湖心亭看雪。霧凇沆碭，天與雲與山與水，上下一白，湖上影子，唯長堤一痕、湖心亭一點、與余舟一芥、舟中人兩三粒而已。 到亭上，有兩人鋪氈對坐，一童子燒酒，爐正沸。見余大喜曰：「湖中焉得更有此人！」拉余同飲。余強飲三大白而別。問其姓氏，是金陵人客此。及下船，舟子喃喃曰：「莫說相公痴，更有痴似相公者。」	崇禎五年十二月，我住在西湖。接連下了三天的大雪，湖中行人、飛鳥的聲音都消失了。這一天晚上初更時，我划著一葉扁舟，穿著毛皮衣服，帶著火爐，獨自前往湖心亭看雪。湖上瀰漫著水氣凝成的冰花，天與雲與山與水，渾然一體，白茫茫一片。湖上比較清晰的影子，只有淡淡一道長堤的痕跡，一點湖心亭的輪廓，和我的一葉小舟，舟中的兩三個人影罷了。 到了亭子上，看見有兩個人已鋪好了氈子，相對而坐，一個童子正把酒爐裡的酒燒得滾沸。他們看見我，非常高興地說：「在湖中怎麼還能碰上您這樣有閒情雅緻的人呢！」拉著我一同飲酒。我盡力飲了三大杯，然後和他們道別。問他們的姓氏，得知他們是金陵人，在此地客居。等到回來時下了船，船夫嘟噥道：「不要說相公您痴，還有像您一樣痴的人呢！」

心智圖

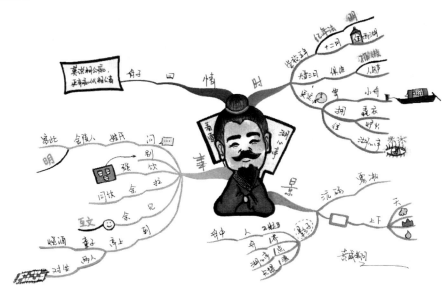

繪者：賁威翔

導圖解析

〈湖心亭看雪〉是張岱收錄在回憶錄《陶庵夢憶》中的一篇散文，寫於明王朝滅亡以後。全文字裡行間流露出一個**明朝遺臣**對舊朝的懷念。本文用**清新淡雅**的筆墨，寫出了雪後西湖的**奇景**和遊湖人的**雅趣**。湖、山、遊人，共同構成了一種畫面感極強的**藝術境界**，表現了作者痴迷於天人合一的山水之**樂**，痴迷於世俗之外的閒情雅緻，流露出遺世獨立、卓然不群的淡淡愁緒。於是將中心圖畫成一個正在盤坐的中年人模樣，並將整個內容分為四部分，分別概括為：**時、景、事、情**。

第一部分：時。具體寫的是雪後遊湖。重點介紹了時間背景，再由年、日、時進行細分。其中最為突出的是**紀年法**，崇禎是明思宗的年號，這也印證了作者對大明王朝的懷念。「更定」畫了一個鐘錶，時間標明是晚上八點左右，舊時每晚八點左右，打鼓報告**初更開始**。

　　第二部分：景。具體寫的是**西湖雪景**。具體是由大到小，由上及下，從總體形象入手，寫出天空、雲層與山水之間白茫茫渾然一體的景象。這部分的第三分支具體寫湖上影子，運用了白描的手法，「一痕」、「一點」、「一芥」、「兩三粒」，宛如中國畫中的**寫意山水**，寥寥幾筆就包含了諸多變化，長與短，點與線，多與少，大與小，動與靜，簡潔概括，人與自然共同構成富有意境的藝術畫面，幽遠脫俗，物我合一。

　　第三部分：事。具體寫的是**湖心亭奇遇**。主要是在湖心亭上遇「知己」，在短暫的交談後飲酒離開的事。其中要注意的是，「見余大喜」中的「大喜」是互文，不僅我喜，而且「知己」也喜。這部分用了「到」、「見」、「拉」、「飲」、「別」、「問」六個表示並列關係的動詞，作為二級分支上的關鍵詞，便於我們清晰回憶整個事件的經過，層次分明。

　　第四部分：情。具體寫的是**借舟子語**。這裡借了舟子的話，來展現自己不俗的**志趣**。舟子說作者「痴」，雖有世俗之感，卻是對作者痴迷於「天人合一」的山水之樂，痴迷於世俗之外的閒情雅緻的高度評價，巧妙地表現出作者孤高冷寂的**品格**。

　　這幅心智圖中，黑色線條上的關鍵詞，均為繪製者根據原文內容，經過深入理解後，延展出的內容。

文脈梳理

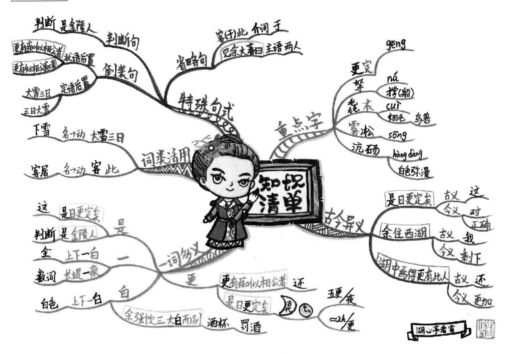

知識清單

九年級

下冊

出師表

〔作者〕諸葛亮 〔朝代〕三國

文題解讀

「表」是古代向帝王陳情言事的一種文體，言辭往往恭敬、懇切。「出師」是上表的事由。本文是諸葛亮呈給後主劉禪的表。

經典原文	參考譯文
先帝創業未半而中道崩殂，今天下三分，益州疲弊，此誠危急存亡之秋也。然侍衛之臣不懈於內，忠志之士忘身於外者，蓋追先帝之殊遇，欲報之於陛下也。誠宜開張聖聽，以光先帝遺德，恢弘志士之氣，不宜妄自菲薄，引喻失義，以塞忠諫之路也。	先帝創立大業還沒有完成一半，就中途去世了，如今天下已然分成三個國家，我們蜀國人力疲憊，物力又很缺乏，這確實是國家危急存亡的關鍵時刻啊。然而，朝廷裡的侍衛大臣們不敢有絲毫懈怠，忠誠有志的將士在疆場上捨身作戰，這都是因為追念先帝在世時對他們的特殊的禮遇，想報效給陛下啊！陛下確實應該廣泛地聽取群臣的意見，發揚光大先帝留下的美德，振奮鼓舞志士們的勇氣；不應該隨隨便便地看輕自己，說話不恰當，以致堵塞忠臣進諫勸告的道路。

宮中府中,俱為一體,陟罰臧否,不宜異同。若有作奸犯科及為忠善者,宜付有司論其刑賞,以昭陛下平明之理,不宜偏私,使內外異法也。

侍中、侍郎郭攸之、費禕、董允等,此皆良實,志慮忠純,是以先帝簡拔以遺陛下。愚以為宮中之事,事無大小,悉以諮之,然後施行,必能裨補闕漏,有所廣益。

將軍向寵,性行淑均,曉暢軍事,試用於昔日,先帝稱之曰:「能」,是以眾議舉寵為督。愚以為營中之事,悉以諮之,必能使行陣和睦,優劣得所。

皇宮中的侍臣和丞相府中的官吏都是一個整體,對他們的提升、處分、表揚、批評,不應該因在宮中或在丞相府中而不同。如果有做奸邪事情、觸犯科條和盡忠心行善事的人,陛下應交給主管的官吏,評定他們應得的處罰或獎賞,用來表明陛下公正清明的治理。不應偏袒徇私,使得宮內和宮外賞罰標準不同。

侍中、侍郎郭攸之、費禕、董允等,這些都是忠良誠實、志向和思慮忠誠純正的人,因此先帝把他們選拔出來留給陛下。我認為宮中的事情,無論大小,陛下都應徵詢他們,然後再去實施,這樣一定能補全欠缺疏漏的地方,獲得更好的效果。

將軍向寵,性格和善,品行公正,精通軍事,從前經過試用,先帝稱讚他有才能,因此大家商議推舉他做都督。我認為軍營中的事務,都應與他商量,這樣一定能使軍隊團結合作,好的差的都能夠得到合理的安排。

親賢臣，遠小人，此先漢所以興隆也；親小人，遠賢臣，此後漢所以傾頹也。先帝在時，每與臣論此事，未嘗不嘆息痛恨於桓、靈也。侍中、尚書、長史、參軍，此悉貞良死節之臣，願陛下親之、信之，則漢室之隆，可計日而待也。

願陛下託臣以討賊興復之效，不效，則治臣之罪，以告先帝之靈。若無興德之言，則責攸之、禕、允等之慢，以彰其咎。陛下亦宜自謀，以諮諏善道，察納雅言，深追先帝遺詔。臣不勝受恩感激。今當遠離，臨表涕零，不知所言。

親近賢臣，疏遠小人，這是前漢興隆昌盛的原因；親近小人，疏遠賢臣，這是後漢傾覆衰敗的原因。先帝在世時，每次與我談論這些事，沒有一次不對桓、靈二帝感到痛心、遺憾的。侍中、尚書、長史、參軍，這些都是忠正賢明且能夠以死報國的忠臣，希望陛下親近他們、信任他們，那麼漢室的興隆就指日可待了。

希望陛下能繼續信任我，把討伐奸賊，復興漢朝王業的任務交給我；如果沒有實現這一偉大事業，那就請陛下懲處我，以祭告先帝在天之靈。如果先帝的聖德沒有被發揚光大，那就責備郭攸之、費禕、董允等人的怠慢，批評他們的失職。陛下也應該多為匡復漢朝思慮謀劃，多向大臣們詢問治國的好方法，明察臣子們的言行並採納正確合理的建議，把先帝的遺詔牢牢記在心中。這樣我就能感恩、感激不盡了。如今我就要離朝遠征，面對奏表熱淚縱橫，不知道說了些什麼。

先帝知臣謹慎，故臨崩寄臣以大事也。受命以來，夙夜憂嘆，恐託付不效，以傷先帝之明，故五月渡瀘，深入不毛。今南方已定，兵甲已足，當獎率三軍，北定中原，庶竭駑鈍，攘除姦凶，興復漢室，還於舊都。此臣所以報先帝而忠陛下之職分也。至於斟酌損益，進盡忠言，則攸之、禕、允之任也。

臣本布衣，躬耕於南陽，苟全性命於亂世，不求聞達於諸侯。先帝不以臣卑鄙，猥自枉屈，三顧臣於草廬之中，諮臣以當世之事，由是感激，遂許先帝以驅馳。後值傾覆，受任於敗軍之際，奉命於危難之間，爾來二十有一年矣。

先帝知道我做事謹慎，所以臨終之時，把國家大事託付給我。自從我接受遺命以來，便早晚憂愁嘆息，唯恐先帝的託付沒有結果，而損害先帝的英明，因此在五月渡過瀘水後，我又帶領將士們深入到貧瘠、未開墾的地方。現在南方已經安定，武器軍備也很充足，這個時候我們應當鼓勵並率領大軍，向北平出發平定中原，我希望能竭盡自己有限的才能，剷除奸邪勢力，匡復漢朝，把漢朝的首都遷回到洛陽。這是我用來報答先帝和效忠陛下的職責和本分。至於斟酌利益和損害，進獻全部忠言之事，就是郭攸之、費禕、董允的職責了。

我本來是一介平民，在南陽務農親耕，只求能在亂世中暫且保全性命，不奢求在諸侯面前揚名顯達。先帝不因我身分卑微、見識短淺，反而降低自己的身分，三次到草廬裡來訪問我，向我徵詢對當時天下之事的意見，我因此十分感激，於是答應先帝願為他奔走效勞。後來遇到兵敗，我在戰敗的時候接受任命，在危難間奉行使命，從那時到現在已經二十一年了。

心智圖

繪者：陳虹宇

導圖解析

　　這幅導圖分析的是〈出師表〉，中心圖裡羽扇綸巾的便是蜀漢丞相**諸葛亮**，手持長槍的則是**趙雲**。選擇這兩個人物作為中心圖，是因為諸葛亮寫出〈出師表〉後的第一次**北伐先鋒**就是趙雲。

　　整幅心智圖分為四個部分，因此四個大綱主幹分別是：上表時的**背景**、諸葛亮給皇上的**建議**、對往事的**追憶**，以及此時此刻自己身上的**責任**。大綱主幹劃分和原文的分段有所差異，因為在文中廣開言路是在第一段，但繪製者認為，第一段主要還是當時蜀漢政權的內外處境，而第二、三、四段才是提出建議。這些建議涉及**廣開言路**、**法度**、**用人**三方面。親賢遠佞雖然是在

第五段提出，但這也是用人的建議，所以把它和宮中、府中的用人放在了一起。第三個部分是**追憶往事**。首先是回憶先帝的往事，比如三顧茅廬，在危難之中任命諸葛亮。然後是諸葛亮自己的往事，包括他出山前的生活和先帝去世後的生活。最後一個部分是諸葛亮的**責任**。繪製者把原文第六段分成了兩個部分：一個是已經發生的事，截至「五月渡瀘，深入不毛」。因為已經發生，所以放在往事這部分。另一個是諸葛亮認為自己應該去做的事，從「今南方已定，兵甲已足」開始。這就是關於這篇文章的層次劃分。

這幅導圖使用了大量的插圖，以利於記憶。

第一部分，「創業」旁邊的那個圖是**不到一半**的意思，後面那個棺材則是「中道崩殂」的意思。

第二個部分，放有路障的那條路上寫了「**忠諫**」，意思是以「塞忠諫之路」。下面那個手電筒是「以光先帝遺德」的意思。再是左邊賢臣那個分支，分為了**宮中**和**府中**。宮中後面的三個小人分別是**郭攸之、費禕、董允**。

第三部分「往事」部分，三顧茅廬後面有兩面旗幟，劉備的旗幟被扔在地上還有破損，曹操的旗幟迎風飄揚，說明劉備兵敗，諸葛亮此時是「受任於敗軍之際」。下面諸葛亮的那個分支，日月旁邊的表情包既在憂慮，又在感嘆，這是「**夙夜憂嘆**」。後面那個笑臉上寫了託福的英文，這是取諧音「**託福（託付）不笑（效）**」。

第四部分，有三個人在宮門下面，這三個人也是郭攸之、費禕、董允，所對應的原文是「**至於斟酌損益，進盡忠言，則攸之、禕、允之任也**」。

文脈梳理

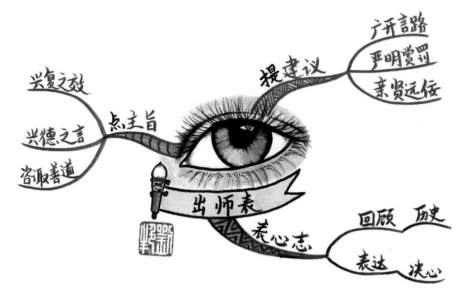

知識清單

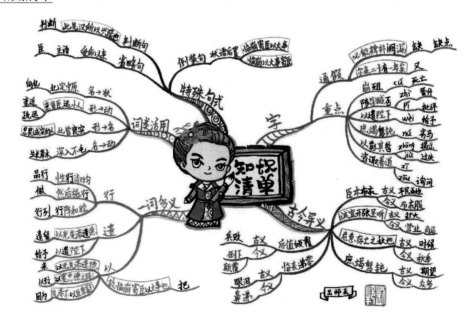

送東陽馬生序

〔作者〕宋濂　〔朝代〕元末明初

文題解讀

東陽，地名，今屬浙江。生，對晚輩讀書人的稱呼。馬生，姓馬的後輩讀書人，指馬君則，是宋濂的同鄉。序，文體名，這是一篇贈序，有臨別贈言的性質。標題的意思是：寫給東陽縣晚輩馬生的臨別贈言。

經典原文	參考譯文
余幼時即嗜學。家貧，無從致書以觀，每假借於藏書之家，手自筆錄，計日以還。天大寒，硯冰堅，手指不可屈伸，弗之怠。錄畢，走送之，不敢稍逾約。以是人多以書假余，余因得遍觀群書。既加冠，益慕聖賢之道。又患無碩師、名人與遊，嘗趨百里外，從鄉之先達執經叩問。先達德隆望尊，門人弟子填其室，未嘗稍降辭色。余立侍左右，援疑質理，俯身傾耳以請；或遇其叱咄，色愈恭，禮愈至，不敢出一言以復；俟其欣悅，則又請焉。故余雖愚，卒獲有所聞。	我小時就特別愛好學習。家裡窮，沒有辦法得到書來看，就經常向有書的人家去借，親手用筆抄寫，計算著約定的日子按期歸還。天氣特別冷的時候，硯池裡的墨水結成堅冰，手指不能屈伸，也不敢放鬆。抄寫完畢，跑去把書送還，不敢稍稍超過約定的期限。因此，人家多願意把書借給我，我也因此能夠看到各式各樣的書。成年以後，更加仰慕古代聖賢的學說。又擔心沒有大師、名人可以交往，曾經快步走到百里以外，拿著經書，向同鄉有道德有學問的前輩請教。前輩德高望重，向他求教的學生擠滿了屋子，他不曾把言辭和臉色略變得溫和些。我站在旁邊侍候著，提出疑難，詢問道理，彎下身子，側著耳朵請教；有時遇到他斥責，我的表情更加恭順，禮數更加周到，不敢多說一句話來辯解；等到他高興了，就又去請教。所以我雖然愚笨，但終於能夠有所收穫。

當余之從師也，負篋曳屣，行深山巨谷中。窮冬烈風，大雪深數尺，足膚皸裂而不知。至舍，四支僵勁不能動，媵人持湯沃灌，以衾擁覆，久而乃和。寓逆旅，主人日再食，無鮮肥滋味之享。同舍生皆被綺繡，戴朱纓寶飾之帽，腰白玉之環，左佩刀，右備容臭，燁然若神人；余則縕袍敝衣處其間，略無慕豔意，以中有足樂者，不知口體之奉不若人也。蓋余之勤且艱若此。今雖耄老，未有所成，猶幸預君子之列，而承天子之寵光，綴公卿之後，日侍坐備顧問，四海亦謬稱其氏名，況才之過於余者乎？

當我從師求學的時候，揹著書箱，拖著鞋子，行走在深山大谷裡。深冬季節颳著猛烈的寒風，踏著幾尺厚的積雪，腳上的皮膚凍裂了都不知道。到了客舍，四肢僵硬不能動彈，服侍的人拿了熱水來澆洗，用被子給我蓋上，很久才暖和過來。寄居在旅店，店主人每天供給兩頓飯，沒有新鮮肥美的東西可以享受。跟我住在一起的同學，都穿著華麗的絲綢衣服，戴著紅纓裝飾成的綴著珠寶的帽子，在腰間佩戴白玉環，左邊佩著刀，右邊掛著香袋，渾身光彩照耀，像神仙一樣；我卻穿著破舊的衣服，生活在他們當中，一點也不羨慕他們，因為內心有值得快樂的事，不覺得吃的、穿的不如人。我求學時的勤奮和艱苦大概就是這樣。現在我雖已年老，沒有什麼成就，但所幸還得以做官，承受天子的恩寵光耀，跟隨在公卿之後，每天在皇帝座位旁邊侍奉，準備接受詢問，天底下不適當稱頌我的人有很多，更何況才能超過我的人呢？

今諸生學於太學，縣官日有廩稍之供，父母歲有裘葛之遺，無凍餒之患矣；坐大廈之下而誦詩書，無奔走之勞矣；有司業、博士為之師，未有問而不告、求而不得者也；凡所宜有之書，皆集於此，不必若余之手錄，假諸人而後見也。其業有不精、德有不成者，非天質之卑，則心不若余之專耳，豈他人之過哉？

東陽馬生君則，在太學已二年，流輩甚稱其賢。余朝京師，生以鄉人子謁余，撰長書以為贄，辭甚暢達。與之論辨，言和而色夷。自謂少時用心於學甚勞，是可謂善學者矣。其將歸見其親也，余故道為學之難以告之。謂余勉鄉人以學者，余之志也；訛我誇際遇之盛而驕鄉人者，豈知予者哉？

現在學生們在太學中學習，朝廷每天按時供給膳食，父母每年都贈給冬天的皮衣和夏天的葛衣，沒有寒冷飢餓的憂慮了；坐在大廈之下誦讀詩書，沒有奔走的勞苦了；有司業和博士當他們的老師，沒有詢問而不告訴，求教而不所獲的了；凡是所應該具備的書籍，都集中在這裡，不必再像我這樣用手抄錄，向別人借來然後才能看到了。他們中如果學業有不精通、品德有未養成的，如果不是天賦、資質低下，就是用心不如我這樣專一，難道可以說是別人的過錯嗎？

東陽馬生君則，在太學中已學習兩年了，同輩人很稱讚他的德行。我到京師朝見皇帝時，馬生以同鄉晚輩的身分拜見我，他寫了一封長信作為禮物，文辭很順暢通達，與他議論辯駁，言辭謙和，臉色平易。他自己說少年時對於學習很用心、刻苦，這可以稱作善於學習者吧。他將要回家拜見父母雙親，我特地將自己治學的艱難告訴他。如果說我勉勵同鄉努力學習，是我的意志；如果訛毀我誇耀自己的際遇好（指得到皇帝的賞識重用）而在同鄉面前表示驕傲，難道是了解我嗎？

心智圖

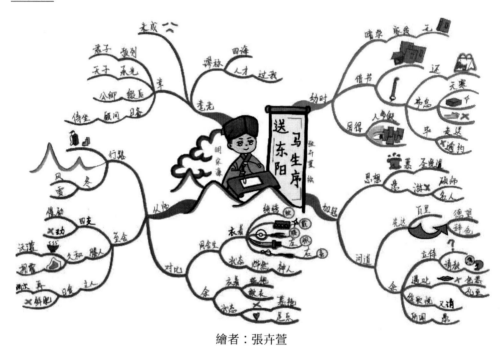

繪者：張卉萱

導圖解析

　　這篇是作者寫給東陽縣晚輩馬生的**臨別贈言**，因此中心圖畫了一位讀書人寫信的場景。

　　原文是按照時間順序進行劃分的，總共分為四個部分，依次為：**幼時、加冠、從師、耄老**。

　　第一部分：幼時。主要是寫作者幼時家庭困難，但仍想辦法借書看的故事，故而以借書為重點展開。「嗜學」而「家貧」，兩者形成對比，目的是引出作者讀書的勤奮和求學的艱難。「手自筆錄（毛筆）」意在表明自己勤奮的**學習態度**。

　　第二部分：加冠。具體表達作者隨著年齡的增長，已經逐漸有了思想追

求，透過對待先達的恭敬態度，表達作者一心向學的**求知精神**。因為思想的進步，所以積極求師問道。其中，先達名望之高、弟子之眾、辭色之嚴與作者的「俯身傾耳」、「色愈恭，禮愈至」形成鮮明對比，道出了**問道的甘苦**。

第三部分：從師。這部分是全文的重點，透過從師路上的環境描寫和拿自己與同舍生對比的寫法，襯托出作者內心認為**知識使精神富足**，而不在乎外物的可貴思想。在對比部分，連用「**被**」、「**戴**」、「**腰**」、「**佩**」、「**備**」等動詞，著力寫富家子弟服飾的華美，細緻入微地勾畫出他們的形象。這樣寫的目的是用他們**華麗**的衣服與自己**破舊**的衣服進行對比，襯托出自己生活的艱辛，給予人深刻的印象。以此表現自己求學的專一和不慕富貴的思想。

第四部分：耄老。「今雖耄老，未有所成」是作者**自謙**之語，顯示出**長者之風，學者之範**。預君子之列，居天子之側，四海稱其氏，這在當時看，宋濂可謂**功成名就**。

從師部分對同舍生服飾描寫的部分，用**圖片代替部分文字和線條**。「負篋曳屣」用書箱和鞋子表示，表明了作者的窮苦；和「負篋曳屣」並列的圖像「深山巨谷」表明路途的險惡。「持湯」畫了一盆熱水，「衾」畫了被子。

文脈梳理

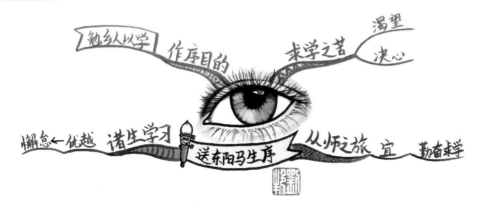

197

知識清單

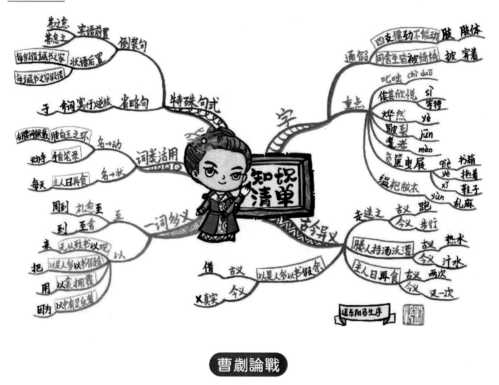

曹劌論戰

《左傳》 〔朝代〕先秦

文題解讀

題目為編者所加。「曹劌」點明文中記敘的主要人物，「論戰」表明本文的主要內容不是記敘這次戰役的程式，而是記錄曹劌關於戰爭的論述。

經典原文	參考譯文
十年春，齊師伐我。公將戰，曹劌請見。其鄉人曰：「肉食者謀之，又何間焉？」劌曰：「肉食者鄙，未能遠謀。」乃入見。問：「何以戰？」公曰：「衣食所安，弗敢專也，必以分人。」對曰：「小惠未遍，民弗從也。」公曰：「犧牲玉帛，弗敢加也，必以信。」對曰：「小信未孚，神弗福也。」公曰：「小大之獄，雖不能察，必以情。」對曰：「忠之屬也。可以一戰。戰則請從。」 公與之乘，戰於長勺。公將鼓之。劌曰：「未可。」齊人三鼓。劌曰：「可矣。」齊師敗績。公將馳之。劌曰：「未可。」下視其轍，登軾而望之，曰：「可矣。」遂逐齊師。	魯莊公十年的春天，齊國軍隊攻打我們魯國。魯莊公將要迎戰，曹劌請求莊公接見。他的同鄉說：「掌權的人會謀劃這件事的，你又何必參與呢？」曹劌說：「掌權的人目光短淺，不能深謀遠慮。」於是進宮去見莊公。曹劌問莊公：「您憑什麼打這一仗？」 莊公說：「衣食是使人生活安定的東西，我不敢獨自占有，一定拿來分給別人。」曹劌回答說：「這種小恩小惠不能遍及百姓，老百姓是不會聽從您的。」莊公說：「祭祀用的牲畜、玉帛，我從來不敢虛報數目，一定要將實情報告給神明。」曹劌回答說：「小信用，未能讓神靈信服，神是不會保佑您的。」莊公說：「大大小小的案件，即使不能件件都了解得清楚，但是我一定誠心處理。」曹劌回答說：「這是對人民盡職分之類的事，可以憑這一點去打仗。作戰時請允許我跟您去。」 魯莊公和曹劌同坐一輛戰車，在長勺和齊軍作戰。莊公上陣就要擊鼓進軍，曹劌說：「現在不行。」齊軍擂過三通戰鼓。曹劌說：「可以擊鼓進軍了。」齊軍大敗。莊公要下令追擊。曹劌說：「還不行。」說完就向下去檢視齊軍的車轍印跡，又登上車前橫木眺望齊軍，這才說：「可以追擊了。」於是追擊齊軍。

既克，公問其故。對曰：「夫戰，勇氣也。一鼓作氣，再而衰，三而竭。彼竭我盈，故克之。夫大國，難測也，懼有伏焉。吾視其轍亂，望其旗靡，故逐之。」	戰勝齊軍以後，魯莊公詢問取勝的原因。曹劌答道：「作戰，靠的是勇氣。第一次擊鼓，能夠鼓起士氣，第二次擊鼓時士氣減弱，到第三次擊鼓時，士氣已經窮盡了。敵方的士氣已經窮盡，而我方的士氣正盛，所以打敗了他們。齊國是大國，難以摸清它的情況，怕的是有埋伏。我發現他們的車轍印跡混亂，軍旗也倒下了，所以下令追擊他們。」

心智圖

繪者：麋佳霖

導圖解析

　　這篇文章講述的是莊公帶領曹劌一起打敗齊軍的故事，中心圖畫了莊公和曹劌站在戰車上指揮將士們作戰的情形，中心圖還有一位播鼓的戰士，表明了戰事的緊張。

這是一幅「記憶型」導圖，目的是輔助記憶。繪者最初想繪製成「鑑賞型」導圖，但考慮大家對內容賞析各有心得，所以最終決定在賞析這塊「留白」，大家可根據各自理解創作各具特點的「鑑賞型」導圖。

創作導圖的關鍵是找到底層邏輯，「拎」出三大主幹。曹劌的「論戰」雖貫穿全篇，但梳理後可清晰地分為戰前、戰中和戰後三部分，確定主幹是導圖的根基。

主幹部分確定好之後，就要分析分支的內容邏輯。戰前莊公和曹劌對「衣食、犧牲玉帛、小大之獄」的不同看法是並列關係還是遞進關係？戰中兩人對「擊鼓出兵」以及「乘勝追擊」的判斷和下令，其原因及邏輯順序是怎樣的？戰後曹劌對「長勺之戰」回顧分析時其論述又是以何順序呈現的？

在創作前對事件，尤其是關鍵事件的邏輯順序和來龍去脈都要下足功夫、分析清楚。古文的解析有很多不同版本，閱讀時要做足功課、釐清邏輯，這不但對我們學習作者謀篇布局的手法和精準記憶有幫助，而且對訓練自己的邏輯思考能力、培養獨立分析事件走向的習慣也是很有裨益的。

這幅導圖的亮點是邏輯清晰、小圖示運用有特色。邏輯上面已經分析過了，下面分析一下小圖示的設計和運用。

導圖中，繪者在精練使用關鍵字時，輔以很多有特色的小圖示幫助記憶和理解。

例1：戰前，四類人物「輪番上場」、容易記混淆，繪者使用四種不同頭冠或帽子增加記憶趣味性，提高記憶精確度。

例2：戰中部分的首句「公與之乘、戰於長勺」，如果這裡僅使用關鍵字（一般是名詞和動詞）「公、乘、戰」，曹劌本人和他的重要性就很難看出來了。繪者新增了小圖示「戰車＋劌」，既顯示出莊公是與「曹劌」同乘，同時也暗示曹劌戰前的進言已得到莊公的賞識和看重，因而被允許與莊公同乘一輛戰車。

文脈梳理

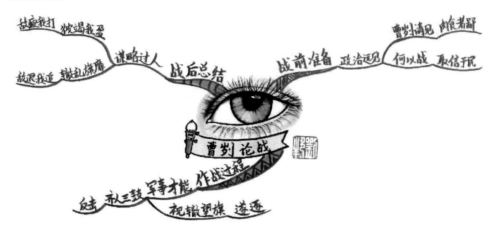

知識清單

唐雎不辱使命

《戰國策》〔朝代〕西漢

文題解讀

　　唐雎，戰國末期人，安陵郡的臣子。不辱使命，意思是沒有辜負出使任務。辱，辱沒、辜負。文題交代了本文的主要人物和事件。

經典原文	參考譯文
秦王使人謂安陵君曰：「寡人欲以五百里之地易安陵，安陵君其許寡人！」安陵君曰：「大王加惠，以大易小，甚善；雖然，受地於先王，願終守之，弗敢易！」秦王不悅。安陵君因使唐雎使於秦。	秦王派人對安陵君說：「我想要用五百里的土地交換安陵，安陵君可要答應我！」安陵君說：「大王施予恩惠，用大的交換小的，很好；即使如此，但我是從先王那裡接受了封地，願意始終守衛它，不敢隨便交換！」秦王不高興。安陵君於是派遣唐雎出使秦國。
秦王謂唐雎曰：「寡人以五百里之地易安陵，安陵君不聽寡人，何也？且秦滅韓亡魏，而君以五十里之地存者，以君為長者，故不錯意也。今吾以十倍之地，請廣於君，而君逆寡人者，輕寡人與？」唐雎對曰：「否，非若是也。安陵君受地於先王而守之，雖千里不敢易也，豈直五百里哉？」	秦王對唐雎說：「我用五百里的土地交換安陵，安陵君不聽從我，為什麼呢？況且秦國滅亡韓國和魏國，而安陵君卻憑藉五十里的土地倖存下來，是我把安陵君看作長者，所以沒有在意。現在我用十倍的土地，讓安陵君擴大領土，但是他違背我的意願，是輕視我嗎？」唐雎回答說：「不，不是你說的這樣。安陵君從先王那裡接受了封地而守衛它，即使千里的土地也不敢交換，哪裡只是五百里的土地呢？」

秦王怫然怒，謂唐雎曰：「公亦嘗聞天子之怒乎？」唐雎對曰：「臣未嘗聞也。」秦王曰：「天子之怒，伏屍百萬，流血千里。」唐雎曰：「大王嘗聞布衣之怒乎？」秦王曰：「布衣之怒，亦免冠徒跣，以頭搶地爾。」唐雎曰：「此庸夫之怒也，非士之怒也。夫專諸之刺王僚也，彗星襲月；聶政之刺韓傀也，白虹貫日；要離之刺慶忌也，倉鷹擊於殿上。此三子者，皆布衣之士也，懷怒未發，休祲降於天，與臣而將四矣。若士必怒，伏屍二人，流血五步，天下縞素，今日是也。」挺劍而起。

秦王色撓，長跪而謝之曰：「先生坐！何至於此！寡人諭矣：夫韓、魏滅亡，而安陵以五十里之地存者，徒以有先生也。」

秦王勃然大怒，對唐雎說：「您也曾聽說過天子發怒嗎？」唐雎回答說：「我不曾聽說過。」秦王說：「天子發怒，橫屍百萬，血流千里。」唐雎說：「大王曾經聽說過平民發怒嗎？」秦王說：「平民發怒，不過是摘下帽子，光著腳，用頭撞地罷了。」唐雎說：「這是平庸無能的人發怒，不是有才能有膽識的人發怒。專諸刺殺吳王僚時，彗星的尾巴掃過月亮；聶政刺殺韓傀時，一道白光直衝上太陽；要離刺殺慶忌時，蒼鷹撲到宮殿上。這三個人都是平民中有膽識有才能的人，心裡的憤怒沒有發作出來，上天就降示徵兆，專諸、聶政、要離，加上我，將變成四個人了。如果有膽識有才能的人發怒，只會讓兩個人的屍體倒下，五步之內鮮血四濺，天下人都要穿喪服，今天就是這樣。」於是拔出寶劍站起來。

秦王面露膽怯之色，直身跪著，向唐雎道歉說：「先生坐！怎麼會到這種地步！我明白了：韓國、魏國滅亡，而安陵卻憑藉五十里的土地倖存下來，只因為有先生啊。」

心智圖

繪者：董新秀

導圖解析

　　這幅圖的中心圖，畫了手持利劍的**唐雎**和嚇哭的秦王，兩人的形象形成了強烈的對比，**英勇**的唐雎和**膽小**的秦王能夠給人深刻的印象，便於記憶。

　　這幅導圖的繪者是從**起承轉合**四個方面來劃分結構的。起於秦王的野心，承於唐雎面對強權的有力回擊，轉於唐雎的語如刀劍和勇猛弒秦王，合於秦王的外強中乾。小圖示用到了一些**好玩**的圖像做表達，更有利於記憶。

　　第一部分：起。**使秦原因**。秦王欲易安陵，安陵君願終守之。具體交代了唐雎出使秦國的背景。

　　第二部分：承。**抵制騙局**。秦王輕寡人，唐雎千里不易。這部分從秦王的威脅和唐雎的回擊兩方面展開。具體寫唐雎堅決抵制秦王的騙局，表現出唐雎維護國土的嚴正立場。

第三部分：轉。反擊護國。秦王「天子之怒」，唐雎「士之怒」。這部分分為問、反問、行動三方面，具體寫唐雎以「士之怒」反擊秦王的「天子之怒」。「問」，秦王的騙局被揭穿，炫耀武力沒有達到預期的目的，於是進一步用戰爭進行恐嚇，極力描繪由「天子之怒」引起的戰爭的可怕場景。

「反問」，秦王對「布衣之怒」持極其蔑視的態度，這與他之前所說的「天子之怒」形成鮮明對比，再次顯示了他的驕橫和狂妄。唐雎針鋒相對，指出這只不過是平庸無能的人的「怒」，自然引出下面對「士怒」的陳述。關於「士怒」運用了排比的修辭手法，列舉專諸、聶政、要離三個布衣之士發怒時上天降下的不同徵兆，暗示唐雎要效仿三人，刺殺秦王，表現了他願以身報國的愛國情懷。「行動」，最後「拔劍而起」以死相拚，威脅秦王。

第四部分：合。取得勝利。秦王長跪而謝，唐雎不辱使命。

文脈梳理

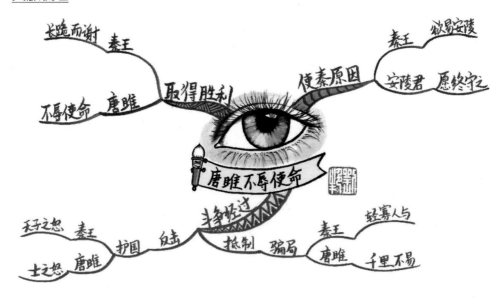

知識清單

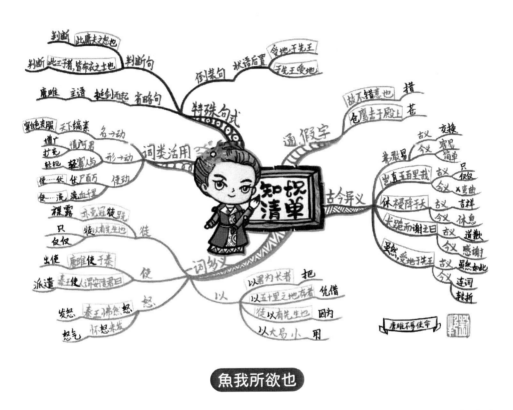

魚我所欲也

《孟子》〔朝代〕先秦

文題解讀

題目是編者所加，先秦文章後人多取第一句話作為標題。「魚我所欲也」的意思是「魚是我所想要的」。文中以「魚」喻生，以「熊掌」喻「義」，對「捨生取義」這一論點進行了論述。

經典原文	參考譯文
魚，我所欲也；熊掌，亦我所欲也。二者不可得兼，舍魚而取熊掌者也。生，亦我所欲也；義，亦我所欲也。二者不可得兼，舍生而取義者也。生亦我所欲，所欲有甚於生者，故不為苟得也；死亦我所惡，所惡有甚於死者，故患有所不辟也。如使人之所欲莫甚於生，則凡可以得生者，何不用也？使人之所惡莫甚於死者，則凡可以辟患者，何不為也？由是則生而有不用也，由是則可以辟患而有不為也。是故所欲有甚於生者，所惡有甚於死者。非獨賢者有是心也，人皆有之，賢者能勿喪耳。	魚，是我所喜愛的；熊掌，也是我所喜愛的。如果兩樣東西不能同時得到，只好放棄魚而選取熊掌了。生命，也是我所喜愛的；道義，也是我所喜愛的。如果這兩樣東西不能夠同時得到，只好犧牲生命而選取道義了。生命是我所喜愛的，但我所喜愛的還有勝過生命的東西，所以我不做苟且偷生的事；死亡是我所厭惡的，但我所厭惡的還有超過死亡的事，所以有的災禍我不躲避。假如人們所喜愛的東西沒有比生命更重要的，那麼凡是能夠用來求得生存的手段，哪一樣不可以採用呢？假如人們所厭惡的東西沒有超過死亡的，那麼凡是能夠用來躲避災禍的手段，哪一樣不用呢？採用某種手段就能夠活命，可是有的人卻不肯採用；採用某種辦法就能夠躲避災禍，可是有的人不肯採用。由此可見，他們所喜愛的有比生命更寶貴的東西（那就是「義」）；他們所厭惡的有比死亡更嚴重的事（那就是「不義」）。不僅有道德的人有這種心，人人都有，不過有道德的人能夠不丟掉罷了。

一簞食，一豆羹，得之則生，弗得則死。呼爾而與之，行道之人弗受；蹴爾而與之，乞人不屑也。萬鍾則不辯禮義而受之，萬鍾於我何加焉！為宮室之美、妻妾之奉，所識窮乏者得我與？鄉為身死而不受，今為宮室之美為之；鄉為身死而不受，今為妻妾之奉為之；鄉為身死而不受，今為所識窮乏者得我而為之：是亦不可以已乎？此之謂失其本心。	一簞飯，一豆湯，得到這些就能活下去，得不到就會餓死。可是沒有禮貌地吆喝著給他，過路的飢民也不肯接受；用腳踢著給他，乞丐也不願意接受。可是有的人，對優厚的俸祿卻不辨別是否合乎禮義就接受了它，這樣優厚的俸祿對我有什麼好處呢？是為了住宅的華麗、妻妾的侍奉和所認識的窮困的人感激我嗎？從前為了「禮義」，寧願死也不接受施捨，現在有人為了住宅的華麗卻接受了；從前為了「禮義」，寧願死也不接受施捨，現在有人為了妻妾的侍奉卻接受了；從前為了「禮義」，寧願死也不接受施捨，現在有人為了所認識的貧困的人感激自己卻接受了。這種做法難道不該讓它停止嗎？這就叫做喪失了人固有的羞惡之心。

心智圖

繪者：張彤

導圖解析

這篇文章的中心圖，畫了孟子瞅著桌子上的**魚與熊掌沉思**，與文章的標題相呼應。

本文是一篇**議論性散文**，論述了孟子的一個重要主旨：**保有本心**。每個人都有「本心」，無論在什麼情況下，人都應該保有自己的「本心」。只要「本心」在，即使在生死關頭，人也能經受住考驗；如果喪失了「本心」，人就會做出虧心事來。

根據全文內容可以分三個部分：**主旨、捨生取義、勿失本心**。

第一部分：主旨就是保有**本心**。

第二部分：捨生取義，是孟子以他的**性善論**為依據，對人的生死觀進行深入討論，他從人應該如何對待自己的欲望入手，在**生與死、利與義、守義與失義**等方面，層層深入、正反對比地論證了義重於生，必須捨生取義的主張。可以用三個關鍵詞來概括：**論點、論證、昇華**。

論點，孟子先用人們生活中熟知的具體事物進行**比喻**，孟子把生命比作魚，把義比作熊掌，認為**義比生命更珍貴**，就像熊掌比魚更珍貴一樣，這樣就很自然地引出了「捨生取義」的這個論點。圖中，「我欲」：帶有心形笑臉，笑臉上有夢想圖示；「二者不可得兼」：「2」上面有一個紅叉；「舍魚取熊掌」：一個人扔掉了魚，懷裡抱著熊掌。

接下來孟子從三個方面論證了捨生取義的意義。

其一，「生，亦我所欲……故患有所不闢也。」這是從正面論證「義」比「生」更珍貴，在二者不可兼得時，應該捨「生」取「義」。

其二，「如使人之所欲莫甚於生……則凡可以避患者何不為也？」這是從反面論證義比生更珍貴，在二者不可兼得時應該捨生取義。圖中，「乳石」：如是；「則凡可以得生者」：一碗米飯上有一個生字；「何不用」：木盒上一個

紅色的叉，旁邊一個紅色的問號；「辟患」：一個小人躲在帶有患字的門後面；「何不為」：一個圍欄，圍著打叉的木盒，旁邊一個紅色的問號。

其三，「由是則生而有不用也……所惡有甚於死者。」這是從**客觀事實**論證義比生更珍貴，在二者不可兼得時，有人捨生取義。

最後作者**昇華**了中心論點：**保有本心**。孟子說：「非獨賢者有是心也，人皆有之」，不單是賢人有這種**重義之心**，而是人人都有，只是賢人沒有喪失罷了。透過論證，文章開頭提出的中心論點就成立了。

第三部分：勿失本心，為了使中心論點更能令人信服，更容易被人接受，孟子在第二部分用具體的事例來進一步說明，四個關鍵詞：**義重於生、萬鍾、對比、結論**。

義重於生（天平上「義」重，「生」輕）：「一簞食……乞人不屑也。」這是說寧願餓死也不願接受別人的施捨。連無人認識的路人和貧困低賤的乞丐都能這樣做，常人更不用說了。這一事例生動地說明了，人們把義看得比生更為珍貴，在二者不可以兼得時就會捨生取義。

萬鍾（鐘錶裡面一個萬字）：「萬鍾則不辯禮義而受之……所識窮乏者得我與？」孟子指出，社會上確實存在不問合不合禮義，而接受萬鍾俸祿的情況，**萬鍾俸祿**對自己有什麼好處呢？圖中：「不辯」：打著紅叉的髮辮；「受之」：雙手捧著帶有萬字的鐘錶；「何加焉」：菸盒夾著菸；所識窮乏者得我：跪在地上感激的人。

對比：「鄉為身死而不受……今為所識窮乏者得我而為之。」孟子說，當初寧肯餓死也不願受侮，現在卻為了這些身外之物而不顧廉恥、見利忘義。圖中「身死」：打叉的骷髏。

結論：「此之謂失其本心」，孟子認為這種人原來也有捨生取義之心，後來因為貪求利祿而喪失了。孟子警告說：「是亦不可以已乎？」這種「不辯禮義而受之」的可恥之事應該罷休了。圖中：「不可以已乎？」STOP 圖示旁有

一個紅色的問號;「失其本心」:人的心臟部分,有一個心形黑洞,地上一個紅色的心,表示人的失心。

　　書中的疑難點均用形象生動、易懂的小圖示標誌,宜於理解和加深記憶。

文脈梳理

知識清單

鄒忌諷齊王納諫

《戰國策》　〔朝代〕西漢

文題解讀

　　鄒忌，是戰國時齊國人。諷，諷諫，用含蓄的話委婉地規勸。齊王，指齊威王。諫，規勸國君、尊長等改正錯誤。題目點明故事的主要人物及內容。

經典原文	參考譯文
鄒忌修八尺有餘，而形貌昳麗。朝服衣冠，窺鏡，謂其妻曰：「我孰與城北徐公美？」其妻曰：「君美甚，徐公何能及君也？」城北徐公，齊國之美麗者也。忌不自信，而復問其妾曰：「吾孰與徐公美？」妾曰：「徐公何能及君也？」旦日，客從外來，與坐談，問之客曰：「吾與徐公孰美？」客曰：「徐公不若君之美也。」明日徐公來，孰視之，自以為不如；窺鏡而自視，又弗如遠甚。暮寢而思之，曰：「吾妻之美我者，私我也；妾之美我者，畏我也；客之美我者，欲有求於我也。」	鄒忌身高八尺多，而且容貌光豔美麗。有天早晨他穿戴好衣帽，照著鏡子，對他的妻子說：「我與城北徐公相比，誰更美？」他妻子說：「您美極了，徐公怎能比得上您呢？」城北的徐公，是齊國的美男子。鄒忌不相信自己會比徐公美，又問他的妾說：「我與徐公比，誰美？」妾說：「徐公怎麼能比得上您？」第二天，有客人從外邊來，鄒忌與他坐著談話，又問他：「我和徐公誰美？」客人說：「徐公不如您美。」次日，徐公來了，鄒忌仔細端詳他，覺得自己不如徐公美麗；再照鏡子看看自己，更覺得遠遠不如。晚上鄒忌躺在床上想這件事，說：「我妻子認為我美，是偏愛我；妾認為我美，是害怕我；客人認為我美，是有求於我。」

於是入朝見威王，曰：「臣誠知不如徐公美。臣之妻私臣，臣之妾畏臣，臣之客欲有求於臣，皆以美於徐公。今齊地方千里，百二十城，宮婦左右莫不私王，朝廷之臣莫不畏王，四境之內莫不有求於王：由此觀之，王之蔽甚矣。」

王曰：「善。」乃下令：「群臣吏民，能面刺寡人之過者，受上賞；上書諫寡人者，受中賞；能謗譏於市朝，聞寡人之耳者，受下賞。」令初下，群臣進諫，門庭若市；數月之後，時時而間進；期年之後，雖欲言，無可進者。燕、趙、韓、魏聞之，皆朝於齊。此所謂戰勝於朝廷。

於是上朝拜見齊威王，說：「我確實知道自己不如徐公美。我的妻子偏愛我，我的妾害怕我，我的客人有求於我，他們都認為我比徐公漂亮。如今齊國有方圓千里的疆土，一百二十座城池，宮中的嬪妃和身邊的親信，沒有不偏愛您的；朝中的大臣，沒有不害怕您的；全國的老百姓，沒有不有求於您的：由此看來，大王您所受的矇蔽很深啦！」

齊威王說：「好！」就下了命令：「所有的大臣、官吏、百姓能夠當面指責我的過錯的，可得上等獎賞；上書勸諫我的，可得中等獎賞；在公共場所指責譏刺我的過失，使我聽到的，可得下等獎賞。」命令剛下達，群臣都來進諫，門前院內像市集一樣；幾個月以後，還不時有人來進諫；一年以後，就是想進諫，也沒什麼可說的了。燕、趙、韓、魏等國聽到這種情況，都到齊國來朝見。這就是人們所說的在朝廷上取得勝利。

心智圖

繪者：李燕玲

導圖解析

　　中心圖在繪製主體形象時，選取了文章的兩位關鍵人物「鄒忌」與「齊王」，以卡通的方式來表現，目的是對應文章輕鬆諧趣的風格。繪製時將課題作為導圖的中心主題，「納諫」是主要事件用紅色突顯。「諷」是手段、方法，採用藍底襯托。

　　縱觀全文，該文的主要內容可按進諫活動「起因—經過—結果」分三部分。第一部分內容為「進諫起因」，即「緣起」；第二部分內容為「進諫經過」，即「進諫」；第三部分內容則是「納諫結果」，即「結果」。

　　第一部分寫進諫的「緣起」，進一步細分，內容有三個順承關係的分支：1. 鄒忌與徐公比美。鄒忌從形貌和行為兩方面，從正面和側面描寫加以表現，而「比美」的對象徐公，則簡要介紹了他號稱「齊國第一美男子」。2. 鄒忌受

蔽。妻、妾、客三者皆認為其美過徐公。**3. 鄒忌反思醒悟**。與徐公辨比並反思。

第二部分寫進諫的過程,「進諫」為兩個分支:1. 鄒忌陳述妻、妾、客三人認為其美過徐公的原因,此為「家事」;2. 以家事拓展至國事,用宮婦、朝臣、四境類比妻、妾、客,分析「受蔽」的原因,此為國事。

第三部分寫齊王納諫的成效結果。根據內容分四個步驟:1. 勸服成功,表現在「善」──心服,「令」──行動;2. 分等級賞功除蔽,上中下具體明確;3. 成效顯著,誠服內外;4. 得出結論:「此所謂戰勝於朝廷」。

整幅心智圖在繪製時講究邏輯的嚴謹,創作者反覆斟酌每一個詞在同一主幹的橫向與縱向關係,詞與詞之間的對應關係工整。同時認真推敲用詞的準確性,注重尋找關鍵詞在不同主幹間的關聯性。繪圖則講究**簡明達意**,小圖示使用時不僅著眼此處是否能做到恰到好處,還要關注與其他部分是否有所關聯。總之,力爭做到**形象性與邏輯性**兼具,創作過程中真切感受到能創造出一幅製圖精美、思考準確的作品是一種享受。

文脈梳理

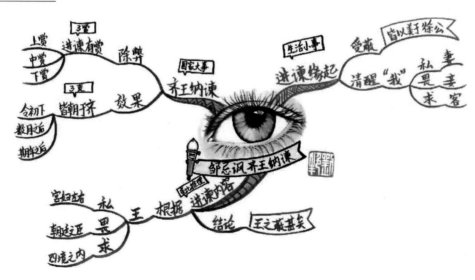

知識清單

附錄 1　國中生文言文常考理解性默寫

《論語》十二章

1. 《論語》十二章說：「學了（知識）然後按一定的時間複習它，不也是很愉快嗎？」的兩句是：<u>學而時習之，不亦說乎</u>？

2. 《論語》十二章說：「我十五歲開始有志於做學問，三十歲能獨立做事情」的兩句是：<u>吾十有五而志於學，三十而立</u>。

3. 《論語》十二章強調溫習重要性的兩句是：<u>溫故而知新，可以為師矣</u>。

4. 《論語》十二章談論學習和思考辯證關係的兩句是：<u>學而不思則罔，思而不學則殆</u>。

5. 《論語》十二章談論學習興趣重要性的兩句是：<u>知之者不如好之者，好之者不如樂之者</u>。

6. 《論語》十二章談論重義輕利的兩句是：<u>不義而富且貴，於我如浮雲</u>。

7. 《論語》十二章說時光像流水一樣消逝的兩句是：<u>逝者如斯夫，不捨晝夜</u>。

8. 《論語》十二章說對待別人的優點和缺點的正確態度的兩句是：<u>擇其善者而從之，其不善者而改之</u>。

9. 《論語》十二章強調立志重要性的兩句是：<u>三軍可奪帥也，匹夫不可奪志也</u>。

10. .《論語》十二章強調博覽群書、堅守志向、懇切提問、多考慮當前的事的兩句是：<u>博學而篤志，切問而近思</u>。

〈曹劌論戰〉

1. 〈曹劌論戰〉中，曹劌說「夫戰，勇氣也」，在此，曹劌所說的「勇氣」，是戰時士氣的集中表現，是軍士臨戰時的激情和果敢拚殺的昂揚鬥志。

2. 〈曹劌論戰〉中，曹劌斷定敵方確係潰敗的依據是：吾視其轍亂，望其旗靡。

3. 〈曹劌論戰〉一文中，曹劌認為魯莊公戰爭取勝的決定因素，是對待「小大之獄」的正確態度：雖不能察，必以情。

4. 曹劌求見魯莊公的原因是：肉食者鄙，未能遠謀。

5. 〈曹劌論戰〉中，曹劌直接指出統治者目光短淺的句子是：肉食者鄙，未能遠謀。

〈魚我所欲也〉

1. 〈魚我所欲也〉中，以「舍魚而取熊掌者也」打比方引出中心論點「捨生而取義者也」。

2. 〈魚我所欲也〉能夠展現「由此可見，他們所喜愛的有比生命更寶貴的東西；他們所厭惡的有比死亡更嚴重的東西」的句子：是故所欲有甚於生者，所惡有甚於死者。

3. 〈魚我所欲也〉中，最能展現「性本善」思想的句子是：非獨賢者有是心也，人皆有之，賢者能勿喪耳。

〈富貴不能淫〉

1. 《孟子》提出大丈夫的標準，除了「威武不能屈」之外的兩個標準是：富貴不能淫，貧賤不能移。

〈生於憂患，死於安樂〉

1. 〈生於憂患，死於安樂〉中，從內外兩個方面說明導致亡國的原因的句子是：<u>入則無法家拂士</u>，<u>出則無敵國外患者</u>。

2. 〈生於憂患，死於安樂〉中，總結全文、歸納中心論點的句子是：<u>然後知生於憂患，而死於安樂也</u>。

3. 常言道：「平安易老，磨難長生。」《孟子》二章中，與這一看法相同的語句是：<u>生於憂患</u>，<u>死於安樂</u>。

〈北冥有魚〉

1. 文中描寫大鵬展翅向南海飛翔時的浩大氣勢的句子是：<u>水擊三千里</u>，<u>搏扶搖而上者九萬里</u>。

2. 〈北冥有魚〉中，運用誇張修辭手法，生動形象地渲染了「鵬」的巨大，使文章充滿了浪漫主義色彩的句子是：「<u>鵬之背</u>，<u>不知其幾千里也</u>」。

3. 〈北冥有魚〉中，以比喻的修辭手法，表現大鵬展翅而飛的句子是：<u>怒而飛</u>，<u>其翼若垂天之雲</u>。

4. 自由貿易區迎來了難得的發展機遇，必將前景廣闊，鵬程萬里，正如莊子〈北冥有魚〉中所說：「<u>搏扶搖而上者九萬里</u>。」

〈雖有嘉餚〉

1. 〈雖有嘉餚〉中得出的結論是：<u>是故學然後知不足</u>，<u>教然後知困</u>。

〈鄒忌諷齊王納諫〉

1. 齊威王釋出懸賞求諫的政令後，廣開言路，一開始就有「<u>群臣進諫</u>，<u>門庭若市</u>」的好局面。

2. 齊威王獎賞進諫的政令下達「期年之後」的情況是「<u>雖欲言</u>，<u>無可進者</u>」，表明齊國政治日益清明。

3. 鄒忌認為「王之蔽甚矣」的原因是：宮婦左右莫不私王，朝廷之臣莫不畏王，四境之內莫不有求於王。

〈出師表〉

1. 〈出師表〉中，諸葛亮勸劉禪對宮中、府中官員的賞罰要堅持同一標準的句子是：<u>陟罰臧否，不宜異同</u>。

2. 《諸葛亮集》中的「賞不可不平，罰不可不均」與〈出師表〉中的「<u>不宜偏私，使內外異法也</u>」意思相近。

3. 〈出師表〉中，表現作者無意於功名的句子是：<u>苟全性命於亂世，不求聞達於諸侯</u>。

4. 諸葛亮給劉禪建議中，最重要的一條是：<u>親賢臣，遠小人</u>。

5. 〈出師表〉中，陳述作者臨危受命的千古名句是：<u>受任於敗軍之際，奉命於危難之間</u>。

〈桃花源記〉

1. 描寫桃花林美麗景色的語句是：<u>芳草鮮美，落英繽紛</u>。

2. 描寫桃花源社會環境安定平和的語句是：<u>阡陌交通，雞犬相聞</u>。

3. 描寫桃花源中老人和小孩神情的句子是：<u>黃髮垂髫，並怡然自樂</u>。

4. 表明桃花源對外界一無所知的句子是：<u>乃不知有漢，無論魏晉</u>。

5. 陶淵明筆下的桃花林之奇，奇在「<u>夾岸數百步，中無雜樹</u>」。

〈答謝中書書〉

1. 〈答謝中書書〉中，上句寫山，下句寫水的句子是：<u>高峰入雲，清流見底</u>。

2. 〈答謝中書書〉中，上句寫所見，下句寫所聞的句子是：<u>曉霧將歇，猿鳥亂鳴</u>。

3. 〈答謝中書書〉中，表現作者的得意之感的句子是：自康樂以來，未復有能與其奇者。

4. 〈答謝中書書〉中，總領全文、起提綱挈領作用的句子是：山川之美，古來共談。

5. 在〈答謝中書書〉中，陶弘景以「夕日欲頹，沉鱗競躍」兩句描寫了夕陽西下時，潛游的魚兒爭先恐後跳出水面的情景。

〈三峽〉

1. 〈三峽〉中，從側面烘托山峰陡峭幽邃的句子是：自非亭午夜分，不見曦月。

2. 寫水勢凶險的句子是：夏水襄陵，沿溯阻絕。

3. 「朝辭白帝彩雲間，千里江陵一日還」，這使我們想到〈三峽〉中的「朝發白帝，暮到江陵」。

4. 寫春冬三峽水的特點的句子是：素湍綠潭，迴清倒影。

5. 烘托三峽秋景淒涼的句子是：空谷傳響，哀轉久絕。

6. 引用漁歌反襯三峽深秋清幽寂靜的句子是：巴東三峽巫峽長，猿鳴三聲淚沾裳。

7. 作者寫了春冬之時，八種景物的特點，對此作者的感受是：清榮峻茂，良多趣味。

8. 〈三峽〉結尾引用漁歌謠：「巴東三峽巫峽長，猿鳴三聲淚沾裳」來表現猿鳴之哀，渲染三峽秋天悲涼肅殺的氣氛。

〈馬說〉

1. 〈馬說〉的中心論點是：世有伯樂，然後有千里馬。

2. 寫千里馬容易被埋沒的原因的句子是：千里馬常有，而伯樂不常有。

3. 寫千里馬的悲慘遭遇的句子是：祇辱於奴隸人之手，駢死於槽櫪之間。

4. 能表明千里馬外在特徵的句子是：<u>馬之千里者，一食或盡粟一石</u>。

5. 對「食馬者」的無知發出強烈譴責的句子是：<u>且欲與常馬等不可得，安求其能千里也</u>。

6. 表明作者對千里馬被埋沒的感嘆的句子是:<u>其真無馬邪？其真不知馬也</u>！

〈陋室銘〉

1. 〈陋室銘〉以山為喻最著名的句子是：<u>山不在高，有仙則名</u>。

2. 〈陋室銘〉中，點明文章主旨的句子是：<u>斯是陋室，唯吾德馨</u>。

3. 〈陋室銘〉中，寫居室環境的句子是：<u>苔痕上階綠，草色入簾青</u>。

4. 〈陋室銘〉中，寫作者交往對象的句子是：<u>談笑有鴻儒，往來無白丁</u>。

5. 〈陋室銘〉中，表明作者對世俗生活鄙棄的句子是：<u>無絲竹之亂耳，無案牘之勞形</u>。

6. 〈陋室銘〉中，與「時人莫小池中水，淺處無妨有臥龍」意思相近的句子是：<u>水不在深，有龍則靈</u>。

7. 人以德立身，不管身處的環境多麼惡劣，只要品德高尚，人格魅力便會芳香四溢，正如〈陋室銘〉中所云：「<u>斯是陋室，唯吾德馨</u>。」

〈小石潭記〉

1. 〈小石潭記〉中，表現溪水蜿蜒曲折的語句是：<u>斗折蛇行，明滅可見</u>。

2. 寫游魚動態的句子是：<u>俶爾遠逝，往來翕忽</u>。

3. 透過游魚寫水清的句子是：<u>潭中魚可百許頭，皆若空游無所依</u>。

4. 表明地理環境使作者內心憂傷淒涼的句子是：<u>淒神寒骨，悄愴幽邃</u>。

〈岳陽樓記〉

1. 與「進亦憂，退亦憂」相照應的句子是：<u>居廟堂之高則憂其民，處江湖之遠則憂其君</u>。

2. 「進」、「退」相互照應：「進」是：居廟堂之高；「退」是：處江湖之遠。

3. 突出表現作者偉大政治抱負的句子是：先天下之憂而憂，後天下之樂而樂。

4. 突出表達作者曠達胸襟的句子是：不以物喜，不以己悲。

5. 概括重修岳陽樓時的盛況的句子是：政通人和，百廢具興。

6. 從時間角度描寫岳陽樓景象千變萬化的句子是：朝暉夕陰，氣象萬千。

7. 寫出岳陽樓地理位置的語句是：北通巫峽，南極瀟湘。

8. 文中動靜結合，描寫洞庭湖月夜美景的句子是：浮光躍金，靜影沉璧。

〈醉翁亭記〉

1. 寫出醉翁言在此，而意在彼，情趣所在的句子是：醉翁之意不在酒，在乎山水之間也。

2. 描繪山間朝暮晦明變化之景的句子是：日出而林霏開，雲歸而巖穴暝。

3. 〈醉翁亭記〉以色彩鮮明的語言，描繪四季之中秋冬之景的句子是：風霜高潔，水落而石出者。

4. 寫出描繪歸後情景的句子：樹林陰翳，鳴聲上下。

5. 表達作者複雜感情的句子是：人知從太守遊而樂，而不知太守之樂其樂也。

〈愛蓮說〉

1. 描寫蓮花高潔質樸的句子是：出淤泥而不染，濯清漣而不妖。

2. 公園花展，觀賞牡丹的人總比觀賞其他花的人多，用〈愛蓮說〉中的話來說，就是：牡丹之愛，宜乎眾矣。

3. 作者從體態方面描寫蓮美好形象的句子是：中通外直，不蔓不枝。

4. 作者從風度氣質方面，描寫蓮美好形象的句子是：亭亭淨植，可遠觀而不可褻玩焉。

5. 〈愛蓮說〉中，表現君子行為剛直、通達事理，不攀附權貴的品格的句子是：<u>中通外直</u>，<u>不蔓不枝</u>。

〈記承天寺夜遊〉

1. 〈記承天寺夜遊〉中，蘇軾與友共賞中庭月色，「<u>庭下如積水空明，水中藻、荇交橫</u>」兩句用比喻手法，寫出了澄碧的月光中，竹影斑駁的幽靜迷人夜景。

2. 〈記承天寺夜遊〉中，兩個問句是「<u>何夜無月？何處無竹柏？</u>」

3. 最能表現作者自豪又惆悵悲涼心境的句子是：<u>何夜無月？何處無竹柏？但少閒人如吾兩人者耳</u>。

〈湖心亭看雪〉

1. 〈湖心亭看雪〉中，上句寫下雪時間之長，下句透過聽覺，寫出大雪後湖山封凍的句子是：<u>大雪三日，湖中人鳥聲俱絕</u>。

2. 〈湖心亭看雪〉中，寫由「長堤一痕」到「湖心亭一點」，到「<u>余舟一芥</u>」，到「<u>舟中人兩三粒</u>」，其鏡頭是從小而更小，直至微乎其微。

3. 〈湖心亭看雪〉尾聲可謂融點染於一體。借舟子之口說出「<u>莫說相公痴，更有痴似相公者</u>」，使讀者如聞其聲，如見其人。

〈河中石獸〉

1. 〈河中石獸〉中，老河兵的觀點是：「<u>凡河中失石，當求之於上流</u>。」

2. 〈河中石獸〉的主旨句是：「<u>然則天下之事，但知其一，不知其二者多矣，可據理臆斷歟？</u>」

〈誡子書〉

1. 〈誡子書〉中闡述學、才、志的關係的句子是：<u>非學無以廣才，非志無以成學</u>。

2. 〈誡子書〉中，常被人們用作「志當存高遠」的座右銘的句子是：<u>非淡泊</u><u>無以明志</u>，<u>非寧靜無以致遠</u>。

3. 〈誡子書〉中，闡釋過度享樂和急躁對人修身養性產生不利影響的句子是：<u>淫慢則不能勵精</u>，<u>險躁則不能冶性</u>。

〈與朱元思書〉

1. 〈與朱元思書〉中，寫江上放舟自由情態的句子是：<u>從流飄蕩</u>，<u>任意東西</u>。

2. 〈與朱元思書〉中，讚嘆富春江景的句子是：<u>奇山異水</u>，<u>天下獨絕</u>。

3. 〈與朱元思書〉中，描寫水速之快的句子是：<u>急湍甚箭</u>，<u>猛浪若奔</u>。

4. 〈與朱元思書〉中，作者觸景生情，表達愛慕自然、鄙棄名利之情的句子是：<u>鳶飛戾天者</u>，<u>望峰息心</u>；<u>經綸世務者</u>，<u>窺谷忘反</u>。

〈愚公移山〉

1. 〈愚公移山〉中，點明愚公移山的原因的句子是：<u>懲山北之塞</u>，<u>出入之迂也</u>。

2. 〈愚公移山〉中，點明愚公移山的目的的句子是：<u>指通豫南</u>，<u>達於漢陰</u>。

3. 〈愚公移山〉中，點明愚公移山的方法的句子是：<u>叩石墾壤</u>，<u>箕畚運於渤海之尾</u>。

4. 〈愚公移山〉中，點明愚公移山深得人心的一處典型細節是：<u>鄰人京城氏之孀妻有遺男</u>，<u>始齔</u>，<u>跳往助之</u>。

5. 〈愚公移山〉中，點明愚公自信能移山的理由的句子是：雖我之死，有子存焉。子又生孫，孫又生子；子又有子，子又有孫；子子孫孫無**窮**匱也，而山不加增，何苦而不平？

6. 〈愚公移山〉中，智叟自作聰明勸阻愚公的理由是：<u>以殘年餘力</u>，<u>曾不能毀山之一毛</u>，<u>其如土石何</u>？

7. 〈愚公移山〉中，愚公移山的最終結果是：<u>冀之南</u>，<u>漢之陰</u>，<u>無隴斷焉</u>。

〈大道之行也〉

1. 〈大道之行也〉中，表現人人受到社會關愛的句子是：<u>使老有所終，壯有所用，幼有所長，矜、寡、孤、獨、廢疾者皆有所養</u>。

2. 〈大道之行也〉中，表現社會安定和平、民風純樸的句子是：<u>是故謀閉而不興，盜竊亂賊而不作，故外戶而不閉</u>。

〈送東陽馬生序〉

1. 揭示作者小時候學習就很勤奮的句子是：<u>余幼時即嗜學</u>。

2. 表明作者嘗驅百里之外求學原因句子是：<u>益慕聖賢之道</u>。<u>又患無碩師、名人與遊</u>。

3. 宋濂在〈送東陽馬生序〉中，講述求學遭到「先達」訓斥的時候，自己「色愈恭，禮愈至，<u>不敢出一言以復</u>」的做法，是為了勸勉馬生重視禮儀、虛心學習。

4. 〈送東陽馬生序〉中，宋濂面對衣著華麗的「同舍生」的態度是「略無慕<u>豔意</u>」。

5. 〈送東陽馬生序〉中，作者說自己穿著破舊衣服，與衣著華麗的同學在一起，絲毫不羨慕，其原因是：「<u>以中有足樂者，不知口體之奉不若人也</u>。」

6. 〈送東陽馬生序〉中，宋濂求學如此艱難，但他始終沒有放棄，其原因是：「<u>以中有足樂者，不知口體之奉不若人也</u>。」

附錄 2　優秀作品賞析

河中石獸

〔作者〕紀昀　〔朝代〕清

心智圖

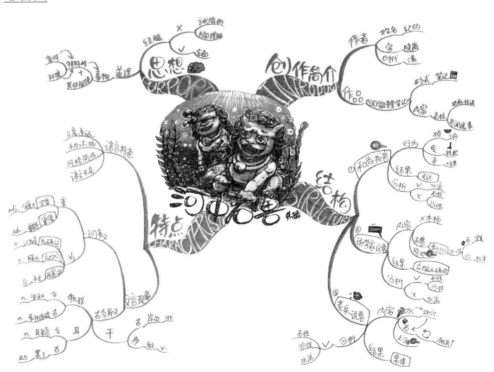

繪者：朱子霖

<u>導圖解析</u>

　　這幅導圖所分析的文章出自紀曉嵐《閱微草堂筆記》中的〈河中石獸〉。從創作簡介、結構、特點、思想四個方面進行分析。**創作簡介**部分，分為作者與作品兩個部分，有利於大家了解文章創作者與其作品。**結構**部分，依文章說明順序分別概括了和尚們、講學家、老兵等人對石獸位置的判斷與分析，文章內容條理清晰，便於整理歸納。**特點**部分，分為**文言現象**與**語言特色**兩方面，對文中的部分**文學知識**與**文言常識**加以說明，便於大家整理部分知識重點。最後**思想**部分，分為文章最終要表達的**道理和經驗總結**，闡述文章主旨。這幅心智圖有一些小圖示和小箭頭暗示著一些關鍵詞之間具有一定的**關聯性**，方便大家更容易理解，從而進行架構梳理和知識總結。

狼

〔作者〕蒲松齡〔朝代〕清朝

心智圖

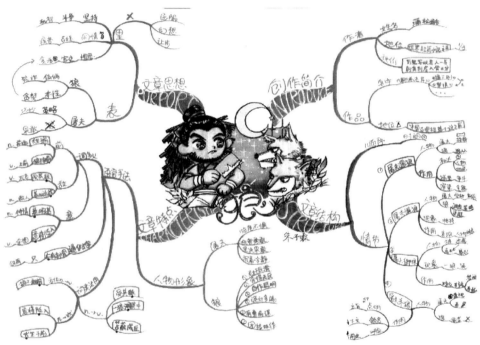

繪者：朱子霖

導圖解析

　　這幅導圖是蒲松齡的〈狼〉的文章分析，分為四個部分：**創作簡介、文章結構、文章特點、文章思想**。在創作簡介部分，分別介紹了文章作者與文章所屬作品集，說明作者的**地位身分、文學造詣**，以及作品集的**歷史地位**，便於透過背景了解、建構知識時間軸。

　　文章結構部分，依照文章發展順序概括了屠夫與狼鬥爭的過程，透過人

物、現象和作用來說明故事情節的發展，有利於**理清楚事件脈絡**，便於整理。文章特點部分，分別分析了人物形象和語言手法，方便大家直觀了解人物的**性格特徵**以及相關的**知識重點**。文章思想部分，分為**表和裡**兩個方面，先分析文章表層意向，即主要人物表現出的特徵，從而概括出文章真正的豐富內涵以及其需要傳達的精神品格。本幅心智圖在遵從作品的基礎上，新增了個人的分析理解內容，便於梳理文章結構與內涵特點，從而對文章本身進行更好的理解。

<u>心智圖</u>

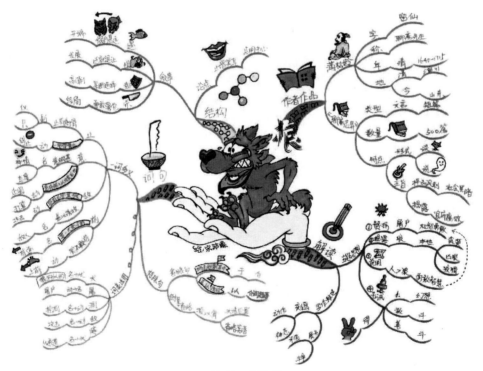

繪者：宋沛霖

導圖解析

這幅圖以賞析的形式，精準提煉核心內容。

本文主要講述了一位屠夫勇敢戰勝狡黠凶惡之狼的過程，因此中心圖繪製了一隻狼在人的掌中驚慌害怕的樣子，寓意狼即便狡詐也逃不出人的手掌心，用詼諧幽默的中心圖闡述本文的主旨。

全文分為四個部分：**作者作品、解讀、詞句、結構**。

第一部分：作者作品。包含作者蒲松齡及其代表作《聊齋志異》。

第二部分：解讀。

本文的主題思想有四個：

1. **讚揚**。本文透過描寫屠夫遇到狼以後，從開始的懼怕、退讓、防禦、鬥爭，到最後將兩狼殺死，讚揚了屠夫機智勇敢。
2. **揭露**。透過整個過程的細緻描寫，揭露出狼貪婪、凶狠、狡猾的本性。
3. **說明**。文章說明一個主旨，即人可以憑藉勇敢智慧戰勝狡黠凶狠的狼。
4. **告誡**。告誡人們，如果面對像狼一樣的凶殘勢力，不必懼怕，丟掉幻想，要勇於鬥爭，善於鬥爭，最終一定可以取得勝利。

本文的寫作特色：文章透過對屠夫、兩狼的動作、神態的細緻刻劃，展開描寫兩方的鬥爭。

第三部分：詞句。「詞句」，繪製一個陶瓷的**碗**，從碗中升騰的香氣形似一把**鋸子**，「瓷」諧音「詞」，「鋸」諧音「句」，用諧音法把圖形轉化，加深記憶。

這部分內容細化了文言的知識重點，內容包含三個部分：**一詞多義、詞類活用、特殊句式**。

第四部分：結構。這個部分清晰梳理全文的結構，主要分為敘事、議論。

　　敘事。從屠夫遇兩狼，兩狼綴行甚遠，作為故事的開端，屠夫剛開始對狼懼怕，遷就退讓，故事繼續發展，之後屠夫開始防禦，果斷選擇與狼鬥爭進入故事的高潮部分，最後屠夫殺死兩狼取得勝利。

　　議論，點明中心，無論狼有多麼狡詐，人都可以透過智慧和勇敢戰勝狼。

愚公移山

《列子》　〔朝代〕先秦

心智圖

繪者：胡桓嘉

導圖解析

　　這幅導圖的中心圖由一座山、一個人和捧著山的手組成。山便是愚公移走的太行、王屋二山，人自然就是愚公了，而這兩隻手則是最終移走這兩座山的誇娥氏二子的手。他們的手上還戴著戒指，綁著絲帶。這種造型有些類似於**敦煌壁畫**中，滿身佩戴朱纓寶飾的菩薩。既然同樣都是神明，誇娥氏二子的裝扮也應該是類似的樣子。況且在歷來文人的作品中，「奇服」往往是美好品格的象徵。更何況〈愚公移山〉本身就是充滿了**浪漫主義色彩**的作品，其大膽的想像，展現了人們對於美好生活的追求和征服自然的願望，所以這裡就有了這些象徵的元素在裡面。

　　這幅導圖的第一個大綱主幹，是一條蛇背負著帶有一口井的山脈。蛇是「**操蛇之神**」（也就是山神）所持的蛇，它揹著井的樣子又與「**背景**」諧音。第一個大綱主幹處，又延伸出一個裝飾有山丘的箭頭指向第二個大綱主幹。第二個大綱主幹由一個鎬和一些長有青苔或是地衣的石頭組成，象徵著「**移山**」這個過程。其下的第一個分支上畫有一個穿著橙色衣服的老人（愚公），然後第二個分支上則是畫有愚公一家討論的樣子，第三個分支上則畫有個人在挖掘東西的樣子，表示他們開始將移山付諸實踐，這也引起了後來「**愚公**」和「**智叟**」的辯論。

　　第三個大綱主幹畫有一個臉色潮紅、神情激動，穿著有些髒的橙衣的老人，而這個老人就是正和「智叟」爭論不休的「愚公」。他笑著伸出手晃了晃，一副對「智叟」的發言感到可笑的樣子。所以到底誰才是「愚公」，誰又是「智叟」？第四個大綱主幹畫有一個身上盤著一條蛇，手上還拿著一個上面畫有驚嘆號板子的人，他的耳朵旁邊還畫有一道道表示聲音的**曲線**。整個圖像表示了「操蛇之神聞之，懼其不已也」。通覽全篇內容後，作者將大智大勇的愚公命名為「**愚**」，將鼠目寸光的智叟命名為「**智**」，這一顛倒，不僅加重了對比色彩，而且增強了**諷刺效果**。

周亞夫軍細柳

〔作者〕司馬遷　〔朝代〕西漢

心智圖

繪者：胡桓嘉

導圖解析

　　這幅圖的中心圖，由一個拿著旗子，背後由柳樹圍著，腳下踩著荊棘的人構成。舉著旗子的人表示**駐軍**，而柳枝則暗示了駐軍的地方是**細柳**。而荊棘又表示駐軍的艱難、文帝在這裡視察時的受挫以及先前荊門亦有駐軍的事實。

第一部分：背景。第一個大綱主幹由一根柳枝構成（暗示駐軍於細柳），主要是講這件事情的背景，其上的**時鐘**表示時間，**位置符號**表示這幾位將軍駐軍於何處。具體指匈奴大舉入侵，邊關吃緊，周亞夫等將領奉命備戰戍邊，這大體就是事件的背景。正是在這樣的背景之下，有了文帝勞軍，入細柳營發現與其他營不同，然後對周亞夫的**能力**、**品行**感到欽佩的故事。

　　第二部分：勞軍。寫皇帝勞軍的情況，透過對比，表現了周亞夫**治軍有方**、**令行禁止**、**恪盡職守**、**剛正不阿**的軍隊統帥形象。在圖的左下方，「軍士吏」後面有弓箭和刀的圖案，以表示「銳兵刃，彀弓弩，持滿」的情態。在它們的上方，畫有兩個人在對話，對應文中「天子先驅至」之後與將士們的對話。再後來，事件發展到了尾聲，**皇冠**表示皇帝對此表示了認同與尊重，「乃按轡徐行」。相比霸上、棘門軍將領的曲意逢迎，周亞夫的「請以軍禮見」，更見後者恪盡職守、剛正不阿。面對細柳軍的擋駕、周亞夫以軍禮拜見，漢文帝不僅沒有怪罪，反而大為感動，並命人表達自己的敬意，表明漢文帝是一個胸懷寬廣、深明大義的人。

　　第三部分，寫勞軍結束後皇帝和群臣的反應。具體記敘了皇帝和群臣對此事的態度，「嗟呼」一詞，表達了文帝對將軍周亞夫發自內心的強烈**讚美**，突出了文章的中心。「**真**」字是全文的點睛之筆，它不僅含義深刻，令人回味，而且鏗鏘有力，擲地有聲，所以畫了一個風箏表示這種高度讚揚的情緒。

莊子二則

〔朝代〕先秦

北冥有魚

心智圖

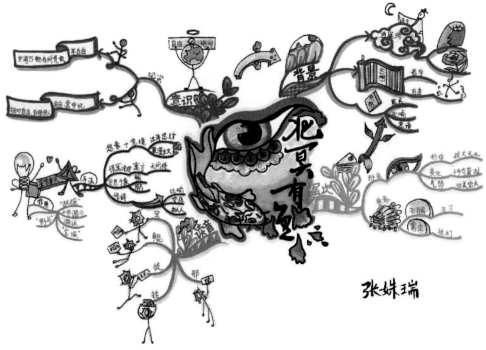

繪者：張姝瑞

導圖解析

　　「北冥有魚，其名為鯤」，為抓人眼球，中心圖便從「魚」處入手。莊周對其「追求一種絕對自由的人生觀」主題的闡述，字裡行間洋溢著浪漫主義

精神。行文具有豐富的想像力和新穎的構思，在汪洋恣肆之上使用滔天的海浪，托舉起千里不止的巨物，讓它任意翱翔，頃刻間瞬息萬變。以大魚憂鬱深遠的眼眸和零落的花瓣作為元素，對應騰飛的鯤鵬，和漸變的藍色背景結合。半包圍的線條在右側留出餘地，對應了莊周具有一定的現實意義的關於「擴展人們的思想視野，開闊人們的心靈空間，使人們的思想認識和精神內涵達到新的境界」的逍遙遊理論。

〈逍遙遊〉的思想指引著後世之人從故步自封、自我侷限的狹隘心境中擺脫出來，以免在平庸忙碌之中迷失和同化了自我。就像是警醒世人，不要拘泥於一個思考模式和人生困境。思想是自由的，追求是自由的，人也應該是自由的，從俗囿中脫離，是一種思想上的更新。觀本幅導圖全貌，圖像很多，甚至代替了文字。如每個大綱主幹上出現的**海藻圖案**，就是在呼應原文中鯤鵬遷徙的起點和終點──不同的大海。相互關聯的主幹，用有著鵬的翅膀的箭頭來進行連結，導圖也是一片能容納下此等巨物的汪洋大海。藍色大綱主幹「**背景**」的分支上，盛放的玫瑰代表了浪漫主義，由三個色塊拼接而成的抽象的人臉，代表著莊子逍遙遊理想人格所具有的**現實性**、**理想性**、**幻想性**。

左側的小導圖從細節上給予支持：伸手歡迎的**燈泡小人**和**警示牌**小人既代表「啟發」又「吸引注意」，其內容也對應其他主幹內容，相輔相成。

各種姿勢的腦細胞小人和火柴人，舉著寫有關鍵詞句的告示牌，提醒著人們對於古文細節的留意，幫助其順暢且抱著新奇的態度去理解文字。〈逍遙遊〉一文，在構思上採用了文學上**形象思想**的寫作手法，運用大量淺近的方式，如**寓言**、**神話**、**對話**等進行易於理解的設計，邏輯性強；全文構思精巧，結合想像與現實，對話與闡理，諷刺與剖析，促使讀者邊讀邊思，邊思邊讀，讀之有味味無窮。導圖創作亦如此：想像結合現實，關鍵字闡明真理，

透過思考邏輯進行對話，透過圖像對有感而發的點圖像化註解、展示，透過萬千整合梳理而成的思緒，吸引讀者進行思考，進行自我創造，拉近思想上的距離和一紙之隔的兩顆心。

莊子與惠子遊於濠梁之上

心智圖

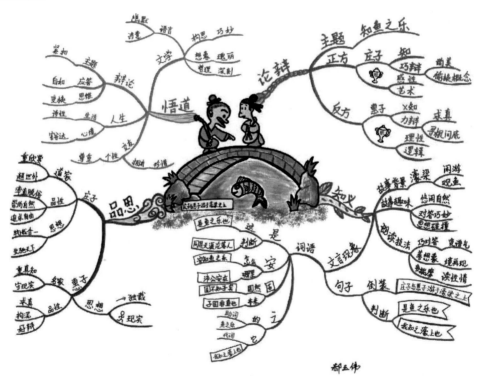

繪者：郝玉偉

導圖解析

〈莊子與惠子遊於濠梁之上〉是《莊子·秋水》中的一篇語錄體議論文，創作於戰國時期，記敘了莊子與惠子兩位辯論高手同遊於濠水的一座橋梁之

上，俯看鰷魚自由自在地游來游去，因而引起聯想，展開了一場人能否知魚之樂的辯論。其題雖小，其旨甚大。

本圖從研讀和鑑賞的角度出發，分為了論辯、知義、品思和悟道四個部分進行展開，充分感受文章的無窮韻味。

第一個部分是論辯，主要對辯論的主題及整體情況進行概述。

第二個部分是知義，就是要全面知曉文義，分別從故事背景、故事趣味、朗讀技法和文言現象等四個方面展開。「莊子與惠子遊於濠梁之上」這句話交代了故事的背景，之後通篇採用對話形式展現辯論過程。透過細解全文，整體感知文章的架構和語言特點，讀懂吃透作者表達的思想情感。

還有就是朗讀技巧，特別是這種對話體的文章，要根據人物特點，注意語氣變化。比如開頭惠子表達的是疑問，語氣就輕一點。莊子對答用的是反問，語氣要加強一點。在朗讀過程中要善想像，即朗讀時要在腦海中再現濠梁之上二人的對話情境。要讀出真性情，就要多揣摩人物心理和性格，讀出當時的情形。最後是文言現象，不論是學習文言文還是品讀文言文，一定得掌握一些文言現象，這樣才能全面深刻地解讀文義，這篇文章的重點文言詞語就「是」、「安」、「固」、「之」這四個，還有倒裝句和判斷句這兩種特殊的句式。

第三個部分是品思，也就是品讀人物品性和思想，分別從人物派別、品性和思想三個維度展開，進一步加深對兩人的不同思想和不同性格的把握。

第四個部分是悟道，就是透過這個故事悟出一定的道理，包括辯論之道、人生之道、交友之道、莊子的文學之道即莊子文學的藝術特色和特點。這也是學習或鑑賞文言文的心得體會和感想收穫。

桃花源記

〔作者〕陶淵明　〔朝代〕東晉

心智圖

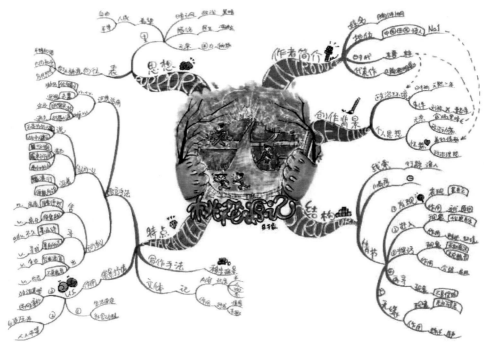

繪者：朱子霖

導圖解析

　　這幅導圖是對陶淵明所著的〈桃花源記〉的分析，分別從**作者簡介、創作背景、結構、特點、思想**五個方面進行分析繪製。**作者簡介**部分說明了作者的姓名、歷史地位、所處時代環境與代表作品，方便大家進行定位。**創作背景**部分介紹了時代背景、事件以及作者本人的思想特點，有利於對文章有更深入的理解體會，為更好地閱讀、體會文章思想做好鋪墊。

結構部分介紹文章線索、寫作順序，依此分析文章結構和內容，便於梳理情節發展脈絡，體會情節安排的匠心，加深文章理解的程度。**特點**部分羅列了部分文言知識，說明了文章的寫作手法，涉及文體的特徵與作用。**思想部分**透過對文章表層含義的分析，表達出作者在所處的與文章描寫截然相反的環境下，對美好世界的無限嚮往。本圖用一些小圖示和小箭頭標明重點內容及其連繫，便於更好地體會作者的情感與寫作手法，有利於加深對文章的閱讀理解，方便記憶整理歸納。

心智圖

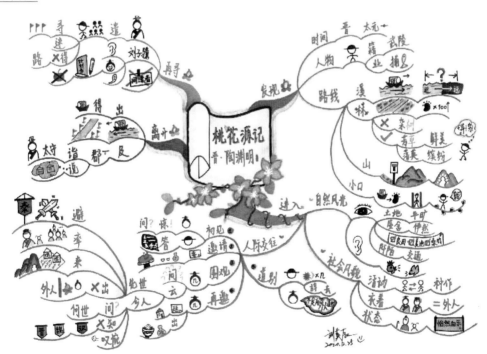

繪者：劉英辰

243

導圖解析

　　〈桃花源記〉是國中語文八年級下冊的重點篇目，更是膾炙人口的傳世名篇，故而本心智圖將篇名和作者作為中心圖的內容進行重點強調。文章共分五個自然段，本圖則是按「發現桃源」、「進入桃源」、「離開桃源」、「再尋桃源」的故事發展線索進行劃分的。

　　「發現桃源」分為「時間」、「人物」、「路線」，涵蓋了文章首段和第二段的前半部分。「進入桃源」是本文的重點內容，陶淵明以清麗凝練、虛實相生的筆觸，描摹出了漁人的奇妙經歷。本圖就從漁人之所見、所歷角度，分出三條分支內容：自然風光、社會風貌、人際交往。特別是「人際交往」這一分支，導圖完整呈現了漁人與桃花源中人從初見，到受邀做客、侃侃而談，停留數日才「辭去」的過程，力求真實還原文章所傳遞的，桃源中人純樸熱情的民風和桃源世代的來歷。「離開桃源」和「再尋桃源」兩部分作者用字簡練，卻令人回味無窮，本圖也以極少用字力求契合文章精約傳神之意蘊。

小石潭記

〔作者〕柳宗元 〔朝代〕唐朝

心智圖

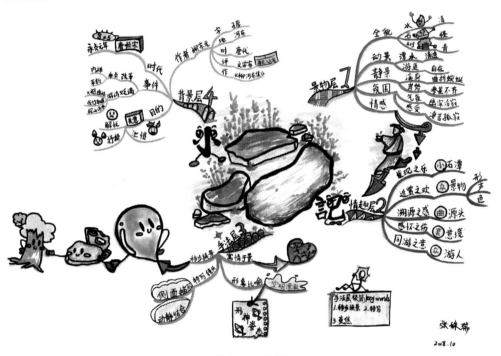

繪者：張姝瑞

導圖解析

　　本篇為記錄詩人遊山玩水的遊記，以變幻的自然之景，抒憂苦之情。仕途不順的詩人，心中鬱結，不避幽遠，探山訪水，以求心靈上的慰藉。深林潭水寂寂聲，吸引詩人伐竹取道，準備一探究竟。那竹林之內，蔥蘢之下的潭水，有怪石環繞其外，有魚群潛游其內，有日影浮動其上，有藤枝飄搖其四周。四下無人，唯有綠波翻湧，清奇至極便心生寒意，幽幽入骨。若是不速速離去，

只怕滿懷悲傷就此逸出，和瀰漫的寒氣合為一體，便會太過淒涼。

　　文中物景雖多，中心圖只取**竹石與潭水**，一是同文章首段內容相適應，便於想像；二是繁中留簡，一目了然。以黃綠色背景為底，使碧藍色潭水更為突出，吸引眼球；石塊和潭水組合成「石」字，暗喻〈小石潭記〉的文題，兩個字型小人一上一下，幫助規定中心圖大小，導圖簡潔而不簡單。

　　主幹部分，分兩個角度展開，即從**內部深入和外部補充**。第一、二主幹說明**景與情**。詩人寄情於景、情景交融，似重景實重情，景變情亦變，層層疊疊的情，猶如那層層疊疊的林海和波紋，一擊激起後便隱於靜謐；樹難止因為風不靜，情難抑也事出有因，故第三、四主幹從背景和手法拓寬理解的**深度和廣度**，詳細分析如下：

　　前兩個主幹間最大的連繫，由徐步而下的小詩人牽線而成。一是點明詩人遊覽，景與情因地而變，即「**移步換景**」的特點；二是呼應「**寓情於景**」的寫作手法，提示兩者間密不可分的關係在思考中不能**斷**，也彷彿暗喻作者心情逐漸低落哀傷的變化；三是對應中心圖，構造宛若在遊賞一般的**動態感**。出現的「樹」、「石」、「水」都使用了圖像，靜物不再固定，鮮活生動著實有趣；「小」、「曲」、「哀」等特點畫上圈表示強調，但不搶小詩人的風頭，讓他安靜賞景。

　　第三、四主幹部分，作為從外部對於文章的補充，不僅能幫助理解行文內容，更能深入理解、引起共鳴。作者手法嫻熟，條理分明，用文字給「**樹**」、「**石**」、「**水**」都打了「聚光燈」，三個主要景物「**演員**」手拉手相繼粉墨登場；文字「鏡頭」聚焦又「變焦」，不同角度進行刻劃，有靜有動，像是演員停下了臺詞以供留白思考，又像是作者凝結了他的視線，透過事物表象看到了這些自然景物空明澄澈的靈魂；游魚的靈動、圍岸的崎嶇、綠意盡染之下，四下無人的靜謐勾起了詩人因**奇遇石潭**而片刻忘卻的憂鬱 —— 因宦官陷害，身居高位被貶，途中再被降職，好友也被害，仕途不幸、命途飄搖，

就像那顆受傷半死的心，在箭頭之上搖搖欲墜，滿是淤青和縫補的痕跡，不幸的人心靈定是傷痕累累。詩人出身高貴，文采出眾，意氣風發的少年，腳踏實地地打下了一片天，抱著熱忱想改變黑暗腐敗的朝廷。此等熠熠生輝的麒麟之才被奸人所害，一下從雲端跌入谷底，又一再被踩入塵埃，憤懑難抒的詩人為了排解那不幸的烏雲走山訪水，想用自然美景慰藉那一再失意的心。於是，〈小石潭記〉誕生。

叮咚的泉水，奇異的怪石，似與遊人相樂的游魚都給他帶來了片刻的安寧。但是此景雖美，那竹林卻太過寂靜，氛圍太過清淒，連泉水都慢慢變得刺骨。本來驚喜的心情低落了下來，官場的失意又縈繞心頭。出於悲傷鬱結的恐慌，詩人匆匆逃離那冷寂之地，遊賞的戲碼草草收場。

馬說

〔作者〕韓愈　〔朝代〕唐朝

心智圖

繪者：陳虹宇

導圖解析

　　這幅導圖分析的是〈馬說〉，整幅心智圖分成了四個部分。

　　第一個部分是韓愈提出的**中心論點**：世有伯樂，然後有千里馬。千里馬常有，而伯樂不常有。開篇明義，表明作者觀點，從正面強調伯樂對千里馬的命運起決定性作用。這裡的「伯樂」喻指能識別人才的封建統治者，「千里馬」喻指人才。

第二個部分是**社會現狀**，這種現狀可以從兩個層面來看。第一個是名馬的悲慘遭遇；第二個是奴隸的無知，其中三個「不」字用「×」表示，構成了排比句式，語氣強烈，寫出了「食馬者」不知千里馬的具體表現，將「食馬者」的愚昧無知刻劃得淋漓盡致。

　　第三個部分是出現這種現狀的**原因**，同樣可以從三個層面來看。第一個是「食馬者」無知的層面，「食馬者不知其能千里而食也」，指出了千里馬被埋沒的根本原因，諷刺了「食馬者」的無知；第二個是千里馬因為食馬者無知而被埋沒的層面，「一食或盡粟一石」用誇張的手法，說明千里馬才能超群，食量大大超過普通馬，「食不飽，力不足，才美不外見」這句話說明了千里馬被埋沒的直接原因；第三個「不常有」的層面是千里馬悲劇的原因「伯樂不常有」。

　　第四部分是這篇文章的**寓意**。本文用了比喻的手法來抨擊統治者的不能識人。這幅導圖的插圖沒有上色，因為這是一張簡版的導圖。簡版的導圖更加注重的是**邏輯**和**關鍵詞**的正確性，比較偏實用。這篇文章採用了託物寓意的寫作手法，通篇說馬，而意在論人。表面上說的是相馬、食馬之事，實際上以千里馬比喻人才，以伯樂比喻能識別人才、重用人才的人，闡釋了對人才的發現和任用問題，這樣寫委婉含蓄，便於表達內心的情懷。

送東陽馬生序

〔作者〕宋濂　〔朝代〕元末明初

心智圖

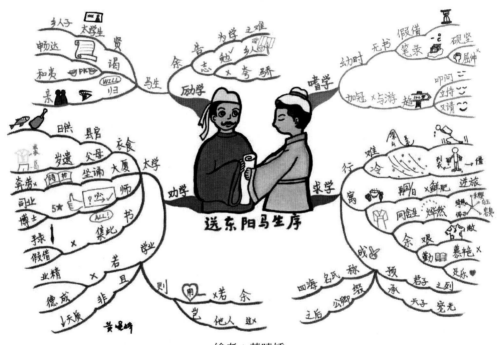

繪者：黃曉嬌

導圖解析

　　這是一篇概括了全文內容的心智圖，以「學」字為中心分為四個部分，分別是幼時「嗜學」，外出「求學」，感慨當下太學生學習條件好，更有利於讀書的「勸學」，最後是交代寫序緣由、表明心志的「勵學」。整個導圖的創作按照原文的內容依序呈現，二級分支基本都使用原文詞語作為關鍵詞，創作圍繞盡可能完整記錄、釋義並有利於記憶原文內容的目的展開。

第一部分：嗜學。包括兩個方面的主要內容：首先是敘述幼時愛讀書，因為家貧而只能借書抄讀的經歷，導圖以沙漏表示借書時要「計日以還」的意思，以冰塊表示「天大寒」。其次是加冠以後，外出請教學問的經歷。這一部分在原文中多用短句，表達豐富，內容生動。以**指示牌**表示百里之遠，突出了作者求學的心意迫切真誠，又以「**叩問、立侍、又請**」以及三個表情表示作者在向「先達」請教學問時的**誠懇、執著、恭敬**，盡可能復現原文的現場。這兩個方面內容都是為了突出作者開篇第一句的「余幼時即嗜學」。

第二部分：求學。這部分內容在原文中精練、詳實，多用到了對比與細節刻劃的手法。求學路途的艱難、寓居求學生活的艱苦以及樂觀心態，最後取得的成就，分為**行、寓、成**來概括。「**行**」的部分突出「**難**」和「**冷**」，以畫面來表達：「深山巨谷、負篋曳屣、窮冬烈風、足膚皸裂、四肢僵勁不能動」。

「**寓**」的部分有一個亮點：用對比手法表現同舍生和余的反差以及態度，原文用了將近 70 個字來表達，而在導圖中用了很少的文字和圖畫概括了這一內容，尤其是同舍生的衣著，用一個簡單的小圖表現了同舍生衣著與配飾的光鮮，而且順序與原文高度一致，可以充分激發讀者的想像。至於作者的「縕袍敝衣」也只需一幅圖就了然於目，衣服上的**補丁**就是對原文最好的註釋，有助於理解和記憶。作者對生活的艱苦毫不在意，反而「心中足樂」，為什麼呢？因為有學習的快樂。這一點也特意在導圖中畫了一本書表現出來，緊扣了大綱主幹概括的「**求學**」這一含義。

「**成**」的部分是作者熱愛學習取得的成果，可以說是寒門子弟實現階層逆襲的生動例子。這對於下文的**勸學和勵學**部分是很有意義的，所以基本按照原文排列呈現，以一個勝利的手勢表示這是令人喜悅的成果。

第三部分：勸學。這一部分內容也特別多，整個段落都與前兩個段落有關聯和對比，而導圖只能**精練再精練**，所以非常考驗提煉能力。作為勸學，還是很好把思路整理清楚的。作者先是對比強調如今的太學生的學習條件多麼好，接著就語重心長又含蓄地告誡學子更應學有所成。

在生活方面，用圖畫**雞腿**和**魚**表現縣官提供太學的伙食好，與前文的蘿蔔白菜形成對比。用毛領上衣與斜垂的褲子表示**裘與葛**這樣上好的衣著，與前文打**補**丁的衣服圖畫形成對比，也能節省很多文字，表意形象，便於理解。下文的**有問必答**圖，以及**五星點讚**的手勢，是形容原文的向老師請教問題的方便稱意，與原文的第一段形成呼應比對。學業方面「則心不若余之專耳」用紅心加字來表達。其餘的含有否定詞的地方均用 × 表示否定含義。

第四部分：勵學。主要交代寫序緣由，內容不長，但是層次較多，以人物為關鍵詞分成兩部分。透過介紹馬生來表明自己贈送此文的**心意**，收束全文，突出主題，始終**以勸學為中心**，圖中以**眼睛、卷軸**和**筆**來表示勉勵鄉人學習的意思。作者的拳拳心意，溢於言表，言有盡而意無窮。

唐雎不辱使命

《戰國策》 〔朝代〕西漢

心智圖

繪者：董新秀

導圖解析

　　此導圖從分析文言文更深層次的內容著手，更多地挖掘情感、意義和人物特徵等，所以畫出了唐雎的勇敢對比秦王色厲內荏的表情變化！

　　這幅導圖的結構，繪者是從寫作的**時代背景、意義、人物特徵、語言**和**本文結構**去分析的。

　　第一部分：簡介。這個部分主要介紹了作者的身分和寫作的背景。

　　第二部分：寫作意義。主要為了**歌頌**唐雎在弱肉強食的戰亂年代，不畏強權的果敢及愛國精神，**嘲諷**秦王的外強中乾，啟示人們自古至今都不要怕強權，要勇敢地去**鬥爭**！

　　第三部分：人物特徵。從三個人物的語言、動作去深挖每個人的特徵，進而體會**作者語言的力量**！

　　第四部分：語言。本文通篇都是對白，每個詞都值得深刻去體會，簡短有力的詞卻能淋漓盡致表現出人物的性格，非常值得學習！

　　第五部分：結構。從**起承轉**合四個方面，去剖析文章的**結構脈絡**，會使人更加清晰地了解事件的始末。其中，為了區別人物行為，畫了不同顏色和形狀的帽子作為小插圖來標記相應人物。

《孟子》 〔朝代〕先秦

心智圖

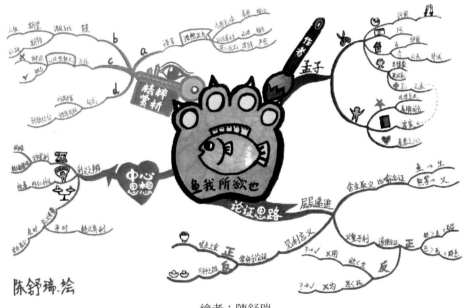

陳舒瑞·绘

繪者：陳舒瑞

導圖解析

　　這幅心智圖分析的是〈魚我所欲也〉，中心圖是本文的兩個喻體 —— 魚和熊掌。

　　繪者將整幅導圖分成了四個部分。

　　第一部分：作者。大綱主幹用毛筆表示作者，畫了一把「剪刀」代表「簡介」，其中作者生於戰國，所以配以「刀劍」的圖像來加深記憶；孟子與孔子同屬儒家學派，並稱孔孟，而這也是一個重要的文學常識，所以用紅色的「加號」來提示。

第二部分：論證思路。大綱主幹的關鍵詞是「論證思路」，所以畫了一條路。整篇文章的思路分為三層：第一層是**比喻論證**，從抽象轉形象來表示「生與魚」、「義與熊掌」之間的類比和轉換關係；第二層和第三層分別以**道理論證**和**舉例論證**，進行正反兩方面論述，使論證更加充分，用紅色把「正反」加粗，來突顯重點，並且運用了一些符號直觀表示難理解的文字。

第三部分：中心思想。大綱主幹以「心形」來貼合主幹關鍵詞「中心思想」，從**必要條件、人格特徵、禮義考量**三方面來分析本文中心——利義之辨。

第四部分：精粹賞析。大綱主幹用**鑰匙**來表示，內容上分別用 a、b、c、d 符號標序，使思路更清晰，便於閱讀。a 中「**浩然正氣**」是孟子的一個很大的語言特點，甚至是寫作風格，所以用紅筆標紅，再用「飄帶」加深記憶；b 背景中「**期望人性**」和「**期待仁政**」是**動賓短語**，所以要用兩個小分支來表達；c 文體中「**辯論**」和「**獨白**」是易考點和易錯點，所以用紅筆描紅「勾和叉」來提示重點；d 句式分為兩點「**對偶豐富**」和「**錯落有致**」是**並列關係**，而「**駢散結合**」進一步解釋了「錯落有致」，所以兩者是**遞進關係**。

心智圖──文言文滿分學習法：
必學古文 × 手繪心智圖，深究古典精髓就是如此簡單

作　　者：劉豔

發 行 人：黃振庭

出 版 者：崧燁文化事業有限公司

發 行 者：崧燁文化事業有限公司

E-mail：sonbookservice@gmail.com

粉 絲 頁：https://www.facebook.com/sonbookss/

網　　址：https://sonbook.net/

地　　址：台北市中正區重慶南路一段六十一號八樓815
　　　　　室

Rm. 815, 8F., No.61, Sec. 1, Chongqing S. Rd., Zhongzheng
Dist., Taipei City 100, Taiwan

電　　話：(02)2370-3310

傳　　真：(02)2388-1990

印　　刷：京峯數位服務有限公司

律師顧問：廣華律師事務所 張珮琦律師

-版權聲明

定　　價：350元

發行日期：2024 年 05 月第一版

◎本書以 POD 印製

國家圖書館出版品預行編目資料

心智圖──文言文滿分學習法：必
學古文 × 手繪心智圖，深究古典
精髓就是如此簡單 / 劉豔 著 . -- 第
一版 . -- 臺北市：崧燁文化事業有
限公司 , 2024.05
面；　公分
POD 版
ISBN 978-626-394-262-2(平裝)
1.CST: 文言文 2.CST: 讀本 3.CST:
學習方法
802.82　　113005346

電子書購買

臉書

爽讀 APP